COLLECTIO

Robert Louis Stevenson

Voyage avec un âne dans les Cévennes

Traduit de l'anglais
par Laurent Bury

Gallimard

Ce texte est extrait du volume
L'Île au trésor – Dr Jekyll et M. Hyde, Œuvres, I
(Bibliothèque de la Pléiade, Éditions Gallimard).

Né à Édimbourg en Écosse en 1850, fils et petit-fils d'ingénieurs spécialisés dans la construction maritime, la voie de Robert Louis Stevenson semblait toute tracée. Mais sa santé chétive, aggravée par le climat humide de l'Écosse, l'en écarta. Pour lutter contre la maladie pulmonaire qui le rongeait, l'enfant se réfugia dans les rêves et les livres. Bercé de contes calédoniens par sa nourrice, il dévorait les romans de Walter Scott, d'Alexandre Dumas et les récits de piraterie de C. Johnston. Pour le guérir, sa mère, fragile également, l'emmena vers le Sud ensoleillé. Il découvrit avec émerveillement l'île de Wight, Menton et le cap Martin. Entré en conflit avec sa famille d'une rigidité toute presbytérienne, il fut admis à l'université à quinze ans et mena une vie bohème, se déclarant agnostique. Sa révolte ne l'empêchait cependant pas d'accepter les secours financiers de sa famille qui restait généreuse. Ses études de droit le menèrent au barreau, mais il n'exerça jamais. Il fit la connaissance d'un important critique littéraire, Sidney Colvin, qui lui ouvrit les portes du monde des lettres. Ayant décidé d'être écrivain, il voulut mettre à profit ses expériences et commença à voyager. Après les Hébrides, ce fut le pays de Galles, l'Allemagne et la France où il découvrit Montaigne, Villon, Hugo et Balzac. D'une descente de la Sambre et de l'Oise en canoë, curieusement accoutré, « sur la tête une calotte de modèle indien, une chemise de flanelle foncée que d'aucuns diraient noirâtre, une légère veste de cheviotte, un pantalon de toile et des jambières de cuir », il tira son premier livre, *Un voyage sur le Continent*, en 1878. Ensuite, sur une ânesse baptisée Modestine, il parcourut les Cévennes et écrivit un charmant récit, *Voyage avec un âne dans les Cévennes* : « J'étais l'animal le plus heureux de France. » C'est auprès des rapins de Fontainebleau qu'il rencontra en 1876 la femme qui devait donner un sens définitif à sa vie, Fanny Osbourne. Âgée de dix ans de plus que lui, elle fut la première artiste américaine que les peintres de Barbizon acceptèrent parmi eux. Elle avait l'esprit moqueur, mais le caractère bien décidé, il était impulsif, gouailleur et optimiste, et tous deux haïssaient les conventions sociales. Fanny divorça en 1878 d'un mari resté aux États-Unis et Stevenson décida de la rejoindre en Californie, malgré le diagnostic pessimiste des médecins. Il raconta son voyage dans *The Amateur Emigrant* (1880). Retombé malade, il fut soigné avec vigilance par Fanny qu'il épousa en 1880, avant de rentrer en Écosse, ayant apaisé l'hostilité familiale. Menacé par la phtisie contre laquelle il luttait d'arrache-pied avec optimisme et courage, de la Suisse à la Provence et à Bournemouth, Stevenson se consacra à écrire poèmes et récits romanesques pour le plus grand bonheur de son beau-fils, Lloyd Osbourne, son futur collaborateur littéraire. *L'Île au trésor*, qui parut en 1883, triompha auprès des enfants comme des adultes : la vie du jeune Jim Hawkins est bouleversée le jour où le « capitaine », un vieux forban taciturne et grand amateur de rhum, s'installe dans l'auberge de ses parents. Jim comprend vite que cet étranger n'est pas un client ordinaire. En effet, lorsqu'un effrayant aveugle frappe à la porte de l'auberge isolée, apportant au marin la tache noire symbole des pirates et synonyme de mort, la chasse au trésor a déjà commencé ! Quelques années plus tard parut son chef-d'œuvre, *L'Étrange Cas du Dr Jekyll et de M. Hyde* (1886), un récit qui déborde la simple fiction et illustre l'un des thèmes majeurs de la psychanalyse, celui de la double personnalité. En 1889, Stevenson publia *Le Maître de Ballantrae*, un roman d'aventures, qui commence en Écosse en 1745 et entraîne le lecteur sur les champs de bataille, sur les mers avec les pirates, vers les Indes orientales et enfin en Amérique du Nord avec sa terrible forêt sauvage, hantée par des trafiquants, des aventuriers patibulaires et des Indiens sur le sentier de la guerre. Il écrivait cloîtré dans des chambres à coucher ou étendu sur une chaise longue, au grand air. En 1887, malgré sa santé déclinante, il accepta avec enthousiasme le projet d'une croisière en Océanie et visita les îles Marquises, Tahiti, les Samoa occidentales, avant de s'installer à Apia, dans l'île d'Opulu, et de se passionner pour les indigènes. Il publia des romans inspirés de ses voyages : *Dans les mers du Sud* (1890), *Le Trafiquant d'épaves* (1892). Une congestion cérébrale l'emporta au soir du 3 décembre 1894. Il fut enterré au sommet du mont Vaea qui dominait sa propriété et l'océan, et laissa un chef-d'œuvre, hélas inachevé, *Le Barrage d'Hermiston*.

Celui que les Polynésiens surnommaient « Tusitala », le « conteur d'histoires », méritait et mérite toujours cet hommage populaire, même si l'écrivain, essayiste, poète et romancier est peu connu de nos jours et laisse au Dr Jekyll et à M. Hyde le soin de perpétuer son nom.

Lisez ou relisez les livres de R. L. Stevenson en Folio :

DANS LES MERS DU SUD (Folio n° 1511)

L'ÉTRANGE CAS DU DR JEKYLL ET DE M. HYDE / *THE STRANGE CASE OF DR JEKYLL AND MR HYDE* (Folio Bilingue n° 29, Folio classique n° 3890 et Folioplus classiques n° 53)

LE MAÎTRE DE BALLANTRAE (Folio classique n° 3382)

L'ÎLE AU TRÉSOR (Folio n° 3399)

LE DIAMANT DU RAJAH / *THE RAJAH'S DIAMOND* (Folio Bilingue n° 108)

LE CLUB DU SUICIDE (Folio 2 € n° 3934)

LA CHAUSSÉE DES MERRY MEN (Folio 2 € n° 4744)

OLALLA / *OLALLA* (Folio Bilingue n° 200)

DÉDICACE

Mon cher Sidney Colvin,

Le périple que ce petit livre va décrire fut pour moi très agréable et très heureux. Après un départ difficile, la meilleure chance me sourit jusqu'à la fin. Mais nous voyageons tous dans ce que John Bunyan appelle le désert de ce monde, et nous voyageons tous avec un âne ; et ce que nous trouvons de mieux au cours de nos voyages, c'est un ami sincère. Heureux le voyageur qui en rencontre plus d'un. De fait, c'est pour les rencontrer que nous voyageons. Ils sont le but et la récompense de la vie. Grâce à eux nous restons dignes de nous-mêmes ; la solitude nous rapproche encore des absents.

Tout livre est, dans un sens intime, une circulaire adressée aux amis de l'auteur. Eux seuls peuvent le comprendre ; ils y trouvent des messages personnels, des garanties d'amour et des expressions de gratitude déposés pour eux en chaque recoin. Le public n'est qu'un mécène généreux qui paye les frais de poste. Mais bien que cette lettre soit destinée à tous, une habitude ancienne et aimable veut que nous l'adressions extérieurement à un seul individu. De quoi un homme peut-il être fier, sinon de ses amis ? Et donc, mon cher Sidney Colvin, c'est avec fierté que signe, affectueusement, votre

R. L. S.

LE VELAY

Nombreux sont les êtres puissants, et nul n'est plus puissant que l'homme.
[…] Par ses inventions il maîtrise l'habitant des champs.

SOPHOCLE.

Qui a relâché les liens de l'âne sauvage ?

Job.

L'ÂNE, LE BALLOT ET LE BÂT

Dans un petit endroit nommé Le Monastier, dans une charmante vallée montagneuse située à vingt kilomètres du Puy, j'ai passé environ un mois de jours délicieux. Le Monastier est remarquable pour la fabrication de la dentelle, l'ivrognerie, la liberté des propos et les dissensions politiques sans équivalent de ses habitants. On trouve dans cette petite ville de montagne des adeptes des quatre partis français – légitimistes, orléanistes, partisans de l'Empire et républicains –, et tous se haïssent, se détestent, se dénigrent et se calomnient les uns les autres. Excepté pour affaires, ou pour se contredire mutuellement dans une querelle de taverne, ils ont même renoncé à la politesse de s'adresser la parole. C'est tout bonnement une Pologne de montagne. Au milieu de cette Babylone je me trouvais être un point de ralliement ; tout le monde voulait se montrer aimable et aider l'inconnu. Ce n'était pas seulement une manifestation de l'hospitalité naturelle des montagnards, ni même une conséquence de l'étonnement que causait ma présence volontaire au Monastier alors que j'aurais pu aussi bien vivre n'importe où ailleurs dans ce vaste monde. C'est principalement mon projet d'excursion vers le sud, à travers les Cévennes, qui provoquait cette réaction. On n'avait encore jamais entendu parler d'un voyageur de mon espèce dans le département. On me considérait avec mépris, comme quelqu'un qui projette un voyage dans la lune, mais également avec un intérêt respectueux, comme un homme qui s'apprête à gagner le pôle inhospitalier. Chacun était prêt à m'aider dans mes préparatifs. Une foule pleine de sympathie me soutenait au moment critique des marchandages ; pas la moindre démarche qui ne fût annoncée par une tournée générale et célébrée par un dîner ou un déjeuner.

Octobre approchait déjà que je n'étais pas encore prêt à partir, et la région de hautes altitudes que traversait ma route ne permettait pas d'espérer un été de la Saint-Martin. J'avais décidé, sinon de camper en plein air, du moins d'en avoir les moyens à ma disposition car rien n'est plus éprouvant pour un esprit détendu que la nécessité d'atteindre un gîte au crépuscule, et ceux qui cheminent à pied ne peuvent pas toujours compter avec certitude sur l'hospitalité d'une auberge de village. Une tente, surtout pour un voyageur solitaire, est ennuyeuse à planter, puis ennuyeuse à démonter ; et même dans la journée, repliée, elle ne passe pas inaperçue. Un sac de couchage, en revanche, est toujours prêt – on n'a qu'à entrer dedans. Il remplit un double emploi, lit la nuit et valise le jour, et il ne signale pas à tous les badauds curieux votre intention de dormir à la belle étoile. C'est un avantage immense. Si votre campement n'est pas secret, on y vient troubler votre repos, vous devenez une personnalité. Le paysan amical, qui a soupé de bonne heure, vient vous voir dans votre lit. Il faut dormir d'un œil, et se lever avant le jour. J'optai pour un sac de couchage, et après plusieurs voyages au Puy, et maintes réjouissances pour moi et mes conseillers, un sac de couchage fut conçu, réalisé et apporté en triomphe chez moi.

Cette chose née de mon esprit mesurait presque six pieds carrés, sans compter deux rabats triangulaires qui devaient me servir d'oreiller la nuit, de dessus et de fond du sac le jour. Je l'appelle « le sac », mais c'est pure courtoisie. Ce n'était jamais qu'une sorte de long rouleau, de saucisse, en toile de bâche verte imperméable à l'extérieur et en peau de mouton bleu à l'intérieur. C'était pratique comme valise, chaud et sec comme lit. Il y avait largement de quoi se retourner pour une personne ; en cas de besoin, la chose aurait pu servir pour deux. Je pouvais m'y enfoncer jusqu'au cou. Pour ma tête, je faisais confiance à un bonnet de fourrure, muni d'un capuchon qui se repliait sur mes oreilles et d'une lanière qui me passait sous le nez comme un inhalateur. En cas de forte pluie, je me proposais de me faire une petite tente avec mon manteau imperméable, trois pierres et une branche courbée.

On comprendra aisément que je ne pouvais transporter cet énorme paquetage sur mes épaules de simple humain. Restait à choisir une bête de somme. Le cheval est la jolie femme de la gent animale, volage, timide, difficile pour sa nourriture et de santé fragile. Il est trop précieux et trop rétif pour être laissé seul, de sorte que vous êtes enchaîné à la bête comme le galérien à son voisin. Une route dangereuse lui fait perdre la tête. Bref, c'est un allié exigeant et peu sûr, qui multiplie par trente les ennuis du voyageur. Il me fallait un animal petit, courageux et peu coûteux, d'un tempérament placide et paisible ; tous ces critères désignaient un âne.

Au Monastier vivait un vieillard, peu sain d'esprit d'après certains, suivi partout par les gosses des rues, et connu de la renommée sous le nom de père Adam. Le père Adam avait une carriole, et pour tirer la carriole une minuscule ânesse, pas plus grosse qu'un chien, couleur de souris, l'œil aimable et la mâchoire inférieure décidée. La coquine avait je ne sais quoi de simple et de racé, une élégance de *quaker* qui me plut sur-le-champ. Notre première entrevue eut lieu sur la place du marché du Monastier. Pour me prouver son bon caractère, on mit à chevaucher sur son dos les enfants l'un après l'autre, et l'un après l'autre fut projeté les quatre fers en l'air, jusqu'à ce qu'une certaine méfiance commençât à régner en ces jeunes cœurs. L'expérience cessa alors faute de volontaires. J'avais déjà le soutien d'une délégation d'amis mais comme si cela ne suffisait pas, tous les acheteurs et vendeurs vinrent autour et m'aidèrent à négocier. L'âne, le père Adam et moi fûmes au centre du tumulte pendant près d'une demi-heure. L'âne passa finalement à mon service moyennant soixante-cinq francs et un verre de liqueur. Le sac avait déjà coûté quatre-vingts francs et deux verres de bière, de sorte que Modestine, comme je la baptisai immédiatement, était, tous comptes faits, l'article le moins onéreux. Cela allait dans l'ordre des choses, car elle n'était qu'un élément de mon matelas, un bois de lit automobile à quatre roulettes.

J'eus une dernière entrevue avec le père Adam dans une salle de billard à l'heure ensorcelante de l'aube, alors que je lui administrais le cognac. Il se déclara profondément ému de cette séparation, et affirma qu'il avait souvent acheté du pain blanc pour l'âne alors qu'il se contentait de pain noir pour sa propre consommation, mais selon les meilleures autorités, ces propos étaient vraisemblablement les fruits de son imagination. Il était connu dans le village pour la façon dont il brutalisait sa bête ; il est pourtant certain qu'il versa une larme, et que cette larme laissa une trace propre le long de sa joue.

Sur le conseil fallacieux d'un sellier du lieu, je me fis faire un coussinet de cuir muni d'anneaux pour y fixer mon ballot. Après mûre réflexion, je complétai mon équipement et je mis la dernière main à ma tenue. En guise d'armement et d'ustensiles, j'emportai un revolver, une petite lampe à alcool et une poêle, une lanterne et quelques chandelles d'un demi-sou, un couteau à cran d'arrêt et une grande gourde de cuir. L'essentiel de mon chargement consistait en deux tenues de rechange de vêtements chauds – en plus de mon costume de voyage en velours rustique, vareuse et gilet de tricot, quelques livres, et ma couverture de voyage qui, elle aussi en forme de sac, me faisait un double rempart pour les nuits froides. Le garde-manger permanent était représenté par des tablettes de chocolat et du saucisson de Bologne en boîte. Tout cela, excepté ce que je portais sur moi, tenait aisément dans le sac en peau de mouton et par chance, j'y ajoutai mon havresac vide, non parce que je pensais devoir m'en servir durant mon voyage, mais parce qu'il était facile à transporter. Pour satisfaire des besoins plus immédiats, je pris un gigot de mouton froid, une bouteille de beaujolais, une bouteille vide pour y transporter du lait, un fouet à œufs et une quantité considérable de pain, du noir et du blanc, comme le père Adam, pour moi et pour l'âne, mais dont j'inversais mentalement les destinataires.

Les Monastiens, toutes opinions politiques confondues, s'étaient entendus pour me menacer de mille mésaventures ridicules et d'une mort subite sous mille formes étonnantes. Chaque jour, avec éloquence, on signalait à mon attention le froid, les loups, les voleurs, et surtout les plaisantins nocturnes. Cependant, ces prophéties laissaient de côté le vrai danger, le danger visible. Comme Chrétien, c'est mon fardeau qui me fit souffrir en chemin. Avant de raconter mes malheurs, je dois en deux mots énoncer la leçon que j'ai tirée de mon expérience. Si le paquet est bien sanglé aux deux bouts, et accroché dans toute sa longueur – jamais plié en deux, si vous tenez à la vie – en travers du bât, le voyageur est sauf. Certes la selle ne s'ajustera pas bien, telle est l'imperfection de notre vie transitoire, certes elle penchera vers l'avant et aura tendance à se retourner, mais il y a des pierres au bord de toutes les routes, et un homme apprend bientôt l'art de corriger tout penchant au déséquilibre grâce à une pierre judicieusement placée.

Le jour de mon départ, je me levai peu après 5 heures. À 6 heures, nous commençâmes à charger l'âne, et dix minutes plus tard, mes espoirs étaient réduits à néant. Le coussinet de cuir refusait de tenir l'espace d'un instant sur le dos de Modestine. Je retournai chez le fabricant, avec qui j'eus une conversation si véhémente que dehors, la rue se remplit d'un mur à l'autre de curieux, tout yeux et tout oreilles. Le coussinet passait de main en main à un rythme soutenu. Il serait peut-être plus exact de dire que nous nous le lancions à la tête. En tout état de cause, nous étions très agités et fort peu amicaux, et nous nous exprimions avec une grande liberté.

Je fis poser sur Modestine un bât du modèle habituellement employé sur les ânes, une « barde », comme on dit ; et je la chargeai une fois de plus de tout mon équipement. Le sac plié en deux, ma vareuse (il faisait chaud, et je m'apprêtais à cheminer en gilet), un grand pain noir, et un panier ouvert contenant le pain blanc, le gigot et les bouteilles, tout cela fut encordé grâce à un système de nœuds extrêmement complexe, et je contemplai le résultat avec une satisfaction orgueilleuse. À la vue d'un chargement aussi monstrueux, entièrement en équilibre sur le dos de l'âne, sans contrepoids pardessous, sur un bât tout neuf qui n'avait pas encore eu le temps de s'user pour s'adapter à l'animal, et lié par des sangles toutes neuves qui se détendraient et s'étireraient probablement en chemin, même un voyageur très insouciant aurait pu prévoir le désastre imminent. Encore une fois, ce complexe système de nœuds était l'œuvre de trop d'amis pour avoir été conçu avec beaucoup d'ingéniosité. Il est vrai que les cordes avaient été serrées avec beaucoup d'énergie. Ils s'étaient mis jusqu'à trois à la fois, le pied contre l'arrière-train de Modestine, et ils avaient tiré en serrant les dents, mais j'appris par la suite qu'une seule personne peut, avec un peu de réflexion et sans exercer la moindre force, exécuter une besogne plus solide qu'une demi-douzaine de palefreniers excités et enthousiastes. Je n'étais alors qu'un novice ; même après la mésaventure du coussinet de cuir, rien ne pouvait troubler ma sérénité, et je m'éloignai de la porte de l'écurie comme un bœuf qui va à l'abattoir.

L'ÂNIER NOVICE

Le clocher du Monastier sonnait tout juste 9 heures alors que j'en terminais avec ces ennuis préliminaires et que je descendais la colline à travers le pré communal. Tant que je fus à portée de vue des fenêtres, une honte secrète et la peur de quelque risible défaite me retinrent de changer quoi que ce soit au chargement de Modestine. Elle trottinait sur ses quatre petits sabots avec une sobre élégance de démarche. De temps en temps, elle agitait les oreilles ou la queue, et elle semblait si petite sous le fardeau que mon esprit se remplit d'appréhensions. Nous passâmes le gué sans difficulté – à n'en point douter, elle était la docilité même – et une fois sur l'autre rive, là où la route commence à monter entre les pinèdes, je pris dans ma main droite le maudit bâton, et l'appliquai, le cœur tremblant, contre l'animal. Modestine pressa son allure l'espace de trois pas, peut-être, puis retomba dans son menuet. Un second usage du bâton eut le même effet, ainsi que le troisième. Je suis digne du nom d'Anglais, et il est contre ma conscience de lever la main sur une créature du sexe faible. Je renonçai, et la considérai de la tête aux pieds. Ses genoux tremblaient, la pauvre, et elle respirait bien mal. Il était clair qu'elle ne pouvait aller plus vite dans une montée. À Dieu ne plaise, pensai-je, que je maltraite cette bête innocente ; qu'elle aille à son propre pas, et je la suivrai patiemment.

Il n'est pas de mot pour décrire la lenteur de ce pas, qui était à la marche ce que la marche est à la course. Je devais rester sur chaque pied pendant un temps incroyablement long ; en cinq minutes, mon courage était épuisé et tous les muscles de ma jambe étaient en fièvre. Et il me fallait pourtant rester près d'elle et régler mon pas sur le sien car dès que je prenais un mètre d'avance ou de retard, Modestine s'arrêtait net et commençait à brouter. L'idée que ce jeu allait durer jusqu'à Alais faillit me briser le cœur. De tous les voyages imaginables, celui-ci promettait d'être le plus pénible. Je tentais bien de me dire qu'il faisait un temps magnifique, j'essayais de dissiper les mauvais présages de mon esprit grâce aux charmes du tabac, mais une image ne me quittait jamais : les routes longues, très longues, par monts et par vaux, où deux silhouettes se déplaçaient de manière infinitésimale, pied à pied, un mètre à la minute, mais, comme les êtres ensorcelés d'un cauchemar, sans s'approcher du but le moins du monde.

Survint alors derrière nous un grand paysan d'une quarantaine d'années, le visage bourru et ironique, arborant la redingote verte de la région. S'étant mis à notre poursuite, il nous dépassa et s'arrêta pour considérer notre pitoyable progression.

« Votre âne, dit-il, est très vieux ? »

Je lui répondis que je ne le pensais pas.

Alors, supposa-t-il, nous venions de loin.

Je lui répondis que nous venions à peine de quitter Le Monastier.

« *Et vous marchez comme ça**[1] ! » s'écria-t-il ; et, rejetant la tête en arrière, il éclata d'un rire franc et durable. Je le regardai, à moitié prêt à en prendre ombrage, tant que dura sa joie. Puis il dit : « Il faut être sans pitié avec ces bêtes-là » ; il cueillit une baguette à un buisson et commença à étriller Modestine dans la zone postérieure en criant. La coquine dressa l'oreille et partit d'un bon train, qu'elle maintint sans faiblir et sans présenter le moindre symptôme de désarroi, tant que le paysan resta à côté de nous. Ses halètements et ses tremblements n'avaient été, je regrette d'avoir à le dire, qu'une comédie.

Avant de me quitter, mon *deus ex machina* m'offrit

1. Tous les mots en italique suivis d'un astérisque sont en français dans le texte.

quelques conseils excellents quoique inhumains. Il me remit la badine à laquelle, selon lui, la bête serait plus sensible qu'à ma canne et finalement m'enseigna le vrai cri, le mot maçonnique des âniers : « Vrouit ! » Pendant tout ce temps, il me regardait d'un air incrédule et amusé, que j'étais fort embarrassé de devoir affronter. Ma façon de mener l'âne le faisait sourire, comme j'aurais pu sourire de son orthographe ou de son habit vert. Mais ce n'était pas alors mon tour.

J'étais fier de mon savoir nouveau, et je pensais avoir appris cet art à la perfection. Et certes Modestine fit merveille tout le reste de la matinée, et j'eus le temps de respirer pour regarder autour de moi. C'était dimanche. Sous le soleil, les champs étaient vides, et quand nous traversâmes Saint-Martin-de-Fugères, l'église était pleine jusqu'à la porte, des gens étaient agenouillés sur les marches, et de l'intérieur obscur parvenait la psalmodie du prêtre. Je me sentis immédiatement comme chez moi, car je viens d'un pays où le dimanche est sacré, et toutes les coutumes dominicales provoquent en moi les mêmes sentiments qu'un accent écossais : la gratitude et son contraire. Seul un voyageur, qui passe rapidement comme s'il venait d'une autre planète, peut goûter pleinement la quiétude et la beauté de la grande fête ascétique. Son esprit se réjouit de voir un pays au repos. Plus beau que la musique, ce vaste silence inhabituel le dispose à de douces pensées, comme le bruit d'un ruisseau ou la chaleur du soleil.

Je descendis la colline dans cette plaisante humeur, vers Goudet, situé au fond d'une verte vallée, auquel fait face Château-Beaufort sur un rocher escarpé, tandis que le cours d'eau, clair comme le cristal, se répand en un étang profond entre eux. En haut comme en bas, on l'entend babiller sur les pierres, ce charmant fleuve enfant qu'il semble absurde d'appeler la Loire. De toutes parts, Goudet est enfermé par des montagnes. Des sentiers rocailleux, praticables au mieux par des ânes, le rattachent au monde extérieur, à la France. Hommes et femmes boivent et jurent, dans leur vert recoin, ou lèvent les yeux, du seuil de leur maison, vers les sommets vêtus de neige en hiver, dans un isolement digne, penserait-on, des Cyclopes d'Homère. Mais pas du tout ; le facteur arrive à Goudet avec son sac postal, la jeunesse ambitieuse de Goudet est à une journée de marche du chemin de fer du Puy, et l'on trouve à l'auberge le portrait gravé du neveu du tenancier, Régis Senac, « Professeur d'escrime et champion des deux Amériques », distinction remportée, avec la somme de cinq cents dollars, à Tammany Hall, New York, le 10 avril 1876.

J'expédiai mon repas de midi et me remis bientôt en route. Mais hélas ! pendant l'escalade interminable de l'autre versant, « Vrouit » sembla avoir perdu sa vertu. Je vrouitais comme un lion, je vrouitais de façon aussi suave qu'une colombe qui tète mais Modestine ne se laissait ni attendrir ni intimider. Elle s'en tenait obstinément à son pas ; seul un coup pouvait la faire avancer, pour un instant, guère plus. Je devais marcher sur ses talons, en la travaillant sans relâche. Un moment de répit dans cette tâche ignoble, et elle retombait dans son allure personnelle. Je pense n'avoir jamais entendu parler d'une situation aussi vile. Je devais atteindre le lac du Bouchet, où je voulais camper, avant le coucher du soleil, et pour en entretenir au moins l'espoir, il me fallait sur-le-champ maltraiter cet animal qui subissait tout sans une plainte. Le bruit des coups que je lui assénais me rendait malade. Un moment, quand je la regardai, elle me rappela une dame de ma connaissance qui m'avait autrefois accablé de ses bontés ; et cela accrut l'horreur que m'inspirait ma cruauté.

Pour aggraver les choses, nous rencontrâmes un autre âne qui vagabondait à sa guise au bord de la route. Cet autre âne s'avéra être un monsieur. Modestine et lui brayaient de joie. Je dus séparer le couple et interrompre aussitôt leur romance par une nouvelle bastonnade fiévreuse. Si sous son pelage avait battu un cœur mâle, l'autre âne me serait tombé dessus à coups de dents et de sabots. Ce fut une sorte de consolation – il était évidemment indigne de l'affection de Modestine. Mais cet incident m'attrista, comme tout ce qui rendait manifeste le sexe de mon âne.

Il faisait une chaleur brûlante en haut de la vallée, il n'y avait pas le moindre vent, le soleil s'acharnait sur mes épaules et je devais manier mon bâton avec tant de constance que la sueur me coulait dans les yeux. De plus, toutes les cinq minutes, le paquetage, le panier et la vareuse se mettaient à pencher désagréablement d'un côté ou de l'autre et je devais arrêter Modestine, au moment précis où je lui avais imposé un rythme supportable d'environ trois kilomètres à l'heure, pour tirer, pousser, épauler et rajuster le chargement. Enfin, au village d'Ussel, la selle et le reste, tout l'échafaudage glissa et vint s'étaler dans la poussière, sous le ventre de l'âne. Pas autrement ravie, la bête s'arrêta et sembla sourire. Un groupe composé d'un homme, de deux femmes et de deux enfants arriva. Ils formèrent un demi-cercle autour de moi et encouragèrent Modestine par leur exemple.

J'eus toutes les peines du diable à remettre le fourniment en place, et à l'instant où j'y étais parvenu, il se renversa et tomba sans hésitation de l'autre côté. On jugera si j'étais en nage ! Et pourtant pas une main ne se tendait à mon secours. L'homme me dit bien que mon paquetage aurait dû avoir une autre forme. Je lui suggérai, s'il n'avait rien de mieux à me conseiller dans la situation où je me trouvais, de tenir sa langue. Et le misérable, plein de bonne volonté, exprima son assentiment en souriant. J'étais dans la pire des positions. Je dus simplement me contenter de confier à Modestine le paquetage, et prendre moi-même en charge les éléments suivants : une canne, une gourde d'un quart de litre, une vareuse aux poches lourdement chargées, deux livres de pain noir et un panier ouvert plein de victuailles et de bouteilles. Je crois pouvoir dire que je ne manque pas de grandeur d'âme, car je ne reculai pas devant ce fardeau indigne. Je le disposai, Dieu sait comment, de manière à pouvoir le porter avec le moins de difficulté, puis je me mis à guider Modestine à travers le village. Selon son invariable habitude, elle essaya d'entrer aussi loin que possible dans chaque maison et dans chaque cour. Encombré comme je l'étais, sans une main libre, aucun mot ne pourrait donner une idée de mes difficultés. Un prêtre, accompagné de six ou sept personnes, inspectait une église en réparation. Ses acolytes et lui rirent bruyamment en voyant mon état. Je me souvins d'avoir ri moi-même en voyant de braves gens lutter contre l'adversité en la personne d'un baudet, et ce souvenir m'emplit de repentir. C'était du temps de mon insouciante jeunesse, avant que ne m'adviennent ces épreuves. Dieu sait du moins que je ne rirai plus jamais, pensai-je. Mais qu'une farce est donc chose cruelle pour qui en est le dindon !

Un peu en dehors du village, Modestine, possédée du démon, jeta son dévolu sur une route de traverse, et refusa positivement de la quitter. Je laissai tomber tous mes paquets et, j'ai honte à le dire, je frappai deux fois la pauvre pécheresse sur le visage. C'était pitié que de la voir lever la tête, les yeux fermés, comme si elle attendait le prochain coup. J'étais au bord des larmes mais je fus plus sage, et je m'assis carrément au bord de la route pour réfléchir à ma situation sous l'influence joyeuse du tabac et d'une goulée de cognac. Pendant ce temps, Modestine mâchait un peu de pain noir, d'un air faussement contrit. Il était clair que je devais faire un sacrifice aux dieux des naufrages. Je jetai la bouteille vide destinée à transporter du lait. Je jetai mon pain blanc et, refusant d'agir comme le commun des mortels, je gardai le pain noir de Modestine. Enfin, je jetai le gigot de mouton froid et le fouet à œufs pourtant si cher à mon cœur. Tout put ainsi trouver place dans le panier, et je pus même caser la vareuse sur le dessus. Au moyen d'un bout de ficelle je me le mis en bandoulière. La corde me sciait l'épaule et la vareuse pendait presque jusqu'à terre, mais c'est le cœur infiniment plus léger que je repris la route.

J'avais maintenant un bras libre pour fouetter Modestine, et je la châtiai cruellement. Si je voulais atteindre les berges du lac avant la nuit, il fallait qu'elle se remue les jarrets sur un autre air. Déjà le soleil s'était enfoncé dans une brume venteuse ; il restait quelques filaments d'or au loin, à l'occident, par-dessus les collines et les pinèdes noires, mais tout était gris et froid sur notre route. Une infinité de sentiers menaient çà et là parmi les champs. C'était le plus absurde des labyrinthes. Je voyais à l'horizon ma destination, ou plutôt le pic qui la domine, mais quelque voie que je choisisse, le chemin finissait toujours par s'en écarter, et par revenir insidieusement vers la vallée, ou vers le nord le long des contreforts des montagnes. La lumière se faisait rare, la couleur s'évanouissait, je traversais un pays pierreux, nu, inhospitalier : tout cela me plongea dans une certaine désolation. Je vous promets que le bâton ne chômait pas. Je crois que chaque pas correct que fit Modestine doit m'avoir coûté au moins deux coups énergiques. On n'entendait rien d'autre alentour que mon infatigable bastonnade.

Soudain, au milieu de mes labeurs, la charge mordit la poussière une fois de plus. Comme par enchantement, toutes les cordes se relâchèrent simultanément et la route fut parsemée de mes chères possessions. Il fallait reprendre le paquetage à zéro, et comme je dus inventer un nouveau système, meilleur, je perdis sans aucun doute une demi-heure. Le crépuscule commençait réellement quand j'atteignis une étendue couverte d'herbe et de pierres. Elle avait l'air d'une route qui menait partout à la fois, et j'allais sombrer dans quelque chose qui ressemblait fort au désespoir quand je vis deux silhouettes s'avancer vers moi à grands pas, par-dessus les pierres. Ils marchaient l'un derrière l'autre comme des vagabonds, mais leur allure était remarquable. Le fils menait la marche, un grand homme contrefait, sombre, semblable à un Écossais. La mère suivait, tout endimanchée, avec un ruban élégamment brodé à son bonnet, et un chapeau de feutre neuf par-dessus. Ses jupes retroussées, elle avançait à grandes enjambées en proférant un chapelet de jurons obscènes et blasphématoires.

J'interpellai le fils et lui demandai mon chemin. Il désigna vaguement l'ouest et le nord-ouest, murmura un commentaire inaudible et, sans ralentir un instant son allure, poursuivit son chemin comme il l'avait commencé, en travers de ma route. La mère suivit sans même lever la tête. Je criai plusieurs fois après eux mais ils continuèrent à escalader la colline et firent la sourde oreille à mes appels. Finalement, abandonnant Modestine, je fus contraint de leur courir après tout en les hélant. Ils s'arrêtèrent tandis que j'approchais, la mère toujours jurant, et je vis que c'était une belle femme mûre, d'apparence respectable. Le fils me répondit à nouveau de façon rude et inaudible, et s'apprêtait déjà à repartir. Mais cette fois je pris franchement la mère au collet, car elle était plus près de moi, et, en m'excusant de ma violence, je déclarai que je ne pouvais les laisser s'en aller tant qu'ils ne m'auraient pas mis sur ma route. Ni l'un ni l'autre ne fut offensé – ils semblèrent au contraire radoucis et me dirent que je n'avais qu'à les suivre. La mère me demanda alors ce que je voulais au bord du lac à une heure pareille. Je lui répondis, à l'écossaise, en lui demandant si elle avait un long chemin à faire. Elle me dit, avec un nouveau juron, qu'elle avait encore une heure et demie de marche devant elle. Puis, sans le moindre salut, ils repartirent tous deux à grands pas pour gravir la colline alors que le crépuscule tombait.

Je revins à Modestine, je la poussai énergiquement en avant et, après vingt minutes d'ascension raide, je parvins au bord d'un plateau. Derrière moi, mon trajet de la journée offrait un spectacle à la fois sauvage et désolé. Le mont Mézenc et les sommets au-delà de Saint-Julien se détachaient dans leur noirceur tranchante contre un scintillement froid à l'est. Le champ de collines situé dans l'intervalle n'était plus qu'une large mer d'ombre, excepté ici et là le contour sombre d'un pain de sucre boisé, ici et là une pièce blanche irrégulière qui représentait une ferme cultivée, et ici et là une tache où la Loire, la Gazeille ou la Laussonne s'égarait dans une gorge.

Nous fûmes bientôt sur une grand-route, et la surprise s'empara de mon esprit quand j'aperçus tout près un village de bonne taille car on m'avait dit que les environs du lac n'étaient habités que par des truites. Sur la route des enfants ramenaient le bétail qui fumait dans le crépuscule, et deux femmes, en tenue de cheval complète, assises à califourchon sur leur monture, passèrent près de moi au trot martelé, de retour du canton où elles étaient allées à l'église et au marché. Je demandai à l'un des enfants où je me trouvais. Au Bouchet-Saint-Nicolas, me dit-il. C'est là, à plus d'un kilomètre au sud de ma destination, et de l'autre côté d'un pic respectable, que ces routes confuses et ces paysans traîtres m'avaient conduit. J'avais l'épaule sciée, et je souffrais intensément ; à force de bastonner, mon bras m'élançait perpétuellement, comme un mal de dents. Je renonçai au lac et à mon intention de camper, et je demandai l'*auberge**.

J'AI UN AIGUILLON

L'*auberge** du Bouchet-Saint-Nicolas compte parmi les moins prétentieuses que j'aie jamais visitées ; mais j'en ai vu bien d'autres semblables durant le reste de mon voyage. De fait, elle était typique de cette partie montagneuse de la France. Imaginez une chaumière à un étage, avec un banc devant la porte ; l'écurie et la cuisine communiquaient, de sorte que Modestine et moi pouvions nous entendre dîner l'un et l'autre ; les meubles les plus simples, un sol en terre battue, une unique chambre pour les voyageurs, et sans autres commodités que les lits. Dans la cuisine, on mange et on prépare les repas côte à côte ; la nuit, la famille y dort. Celui à qui prend la fantaisie de se laver doit le faire en public à la table commune. La nourriture est parfois chiche ; j'ai souvent dû me contenter de poisson dur et d'omelette ; le vin est des plus médiocres, l'alcool, abominable pour tout être humain ; et il n'y a rien d'impossible à ce que le dîner s'accompagne de la visite d'une grosse truie, qui vient grogner sous la table en se frottant contre vos jambes.

Mais les gens de l'auberge, dans neuf cas sur dix, sont amicaux et pleins d'égards. Dès que vous franchissez le seuil, vous cessez d'être un inconnu ; et bien que les paysans soient grossiers et rébarbatifs sur les routes, ils montrent un vernis d'éducation quand vous vous asseyez à leur foyer. Au Bouchet, par exemple, je pris ma bouteille de beaujolais, et je demandai à l'hôte de venir la partager avec moi. Il ne voulut en prendre qu'un peu.

« Je suis amateur de ce vin, voyez-vous, dit-il, et je serais capable de ne pas vous en laisser assez. »

Dans ces auberges de troisième catégorie, le voyageur est censé manger avec son propre couteau ; on ne lui en fournira pas, sauf s'il le demande : un verre, un quignon de pain, une fourchette en acier, et la table est mise. Mon couteau provoqua l'admiration cordiale de l'aubergiste du Bouchet, et le ressort l'émerveilla.

« Je n'aurais jamais deviné ça », dit-il. Il ajouta, en le soupesant : « Je parierais que ça vous a coûté au moins cinq francs. »

Quand je lui appris que le couteau m'en avait coûté vingt, il resta bouche bée.

C'était un beau vieillard amical, doux, raisonnable, étonnamment ignorant. Sa femme, dont les manières étaient moins agréables, savait lire, mais je suppose qu'elle ne lisait jamais. Elle n'était pas dénuée d'intelligence, et parlait d'un ton coupant et autoritaire, comme quelqu'un qui gouverne la maisonnée.

« Mon mari ne connaît rien », dit-elle avec un hochement de tête irrité ; « il est comme les bêtes ».

Et le vieil homme acquiesça de la tête. Il n'avait aucune honte, et sa femme n'avait pour lui nul mépris ; les faits étaient acceptés loyalement, un point, c'est tout.

Je dus subir un interrogatoire détaillé sur mon itinéraire ; la dame comprit en un moment et esquissa ce que je devais mettre dans mon livre une fois rentré à la maison. « Si les gens font ou non la moisson à tel ou tel endroit ; s'il y a des forêts ; étudier les manières des gens ; par exemple, ce que nous vous disons, moi et le maître de maison ; les beautés de la nature, et tout ça. » Et elle me questionna du regard.

« C'est exactement cela, répondis-je.

— Tu vois, dit-elle à son mari, j'ai compris ça. »

L'histoire de mes mésaventures les intéressait beaucoup tous les deux.

« Demain matin, dit le mari, je vous fabriquerai quelque chose de mieux que votre canne. Une bête comme ça, ça ne sent rien ; c'est dans le proverbe – *dur comme un âne** ; vous pourriez la battre à mort avec un gourdin sans arriver à rien. »

Quelque chose de mieux ! Je ne me doutais guère de ce qu'il me proposait.

La chambre à coucher était meublée de deux lits. L'un m'était réservé ; et je dois dire que je fus un peu décontenancé de voir un jeune homme, sa femme et son enfant monter dans l'autre. C'était ma première expérience de ce genre ; et si je dois chaque fois me sentir aussi stupide et intrus, je prie Dieu que ce soit aussi la dernière. Je détournai mon regard, et tout ce que je sus de la femme, c'est qu'elle avait de beaux bras et que mon apparition semblait ne la gêner en rien. En fait, la situation était plus éprouvante pour moi que pour le couple. Deux conjoints se donnent l'un à l'autre une contenance ; c'est l'homme seul qui rougit. Mais je ne pus m'empêcher d'attribuer mes sentiments au mari, et je cherchai à me concilier sa tolérance en lui offrant un verre de cognac de ma gourde. Il me répondit qu'il était tonnelier et qu'il se rendait d'Alais à Saint-Étienne pour trouver du travail, et qu'à ses moments perdus il exerçait l'activité funeste de fabricant d'allumettes. Quant à moi, il devina aisément que j'étais marchand de spiritueux.

Le lendemain (le lundi 23 septembre), je fus le premier à me lever, et je dépêchai ma toilette, comme un coupable, de manière à laisser le champ libre pour Mme la tonnelière. Je bus un bol de lait, et je partis explorer les environs du Bouchet. Il faisait un froid à mourir, c'était un matin gris, venteux, hivernal. Des nuages brumeux passaient bas et vite, le vent sifflait sur le plateau nu, et la seule tache de couleur se trouvait au loin, derrière le Mézenc et les collines, à l'est, où le ciel portait encore l'orange de l'aurore.

Il était 5 heures du matin, et j'étais à quatre mille pieds au-dessus de la mer ; je dus enfoncer mes mains dans mes poches et courir. Les gens allaient aux travaux des champs par groupes de deux ou trois, et se retournaient tous pour dévisager l'inconnu. Je les avais vus revenir la veille au soir, je les voyais repartir aux champs ; c'était là en quelques mots la vie du Bouchet.

Quand je revins à l'auberge pour manger un morceau, madame peignait sa fille dans la cuisine ; je lui fis compliment sur la beauté de ses cheveux.

« Oh non, dit la mère ; ils ne sont pas beaux comme ils devraient. Regardez, ils sont trop fins. »

C'est ainsi que les paysans se consolent de l'adversité physique et que, par un stupéfiant processus démocratique, les défauts de la majorité déterminent les canons de la beauté.

« Et où est monsieur ? demandai-je.

— Le maître de maison est en haut, répondit-elle, il vous fabrique un aiguillon. »

Béni soit celui qui inventa les aiguillons ! Béni soit l'aubergiste du Bouchet-Saint-Nicolas, qui m'initia à leur usage ! Cette simple baguette, avec sa pointe d'un huitième de pouce, était un vrai sceptre quand il la mit entre mes mains. Depuis ce jour, Modestine fut mon esclave. Un coup d'aiguillon, et elle passait outre la porte d'écurie la plus accueillante. Un coup d'aiguillon, et elle se lançait dans un brave petit trot qui dévorait les kilomètres. Cette vitesse n'avait, en fin de compte, rien de remarquable ; et il nous fallut quatre heures pour couvrir au mieux quinze kilomètres. Mais quel changement divin par rapport à la veille ! Plus besoin de manier l'atroce gourdin, plus d'élancements dans mon bras endolori, plus d'exercice au grand sabre, mais l'escrime discrète et digne d'un honnête homme. Certes, une goutte de sang perlait parfois sur l'arrière-train gris souris en forme d'étau de Modestine. J'aurais préféré qu'il en fût autrement, c'est vrai, mais les exploits de la veille avaient purgé mon cœur de toute humanité. Puisqu'on ne pouvait la vaincre par la gentillesse, cette perverse petite diablesse, il fallait bien en venir à bout par l'aiguillon.

Il faisait un froid âpre et mordant et, excepté une cavalcade de dames à califourchon et deux ou trois postillons, la route fut d'une mortelle solitude jusqu'à Pradelles. Je ne peux guère me rappeler qu'un incident. Un beau poulain, une cloche au cou, traversa un pré en nous chargeant, il renifla l'air de façon martiale comme un héros prêt à de hauts faits, et changeant soudain d'idée dans sa jeune âme novice, se détourna et partit au galop comme il était venu, sa cloche tintant au vent. Longtemps je revis sa noble allure quand il s'arrêta et j'entendis le son de sa cloche ; et quand je parvins à la grand-route, la chanson des fils télégraphiques sembla prolonger cette musique.

Sur le flanc d'un coteau, entouré de riches prairies, Pradelles surplombe l'Allier. De tous les côtés on fauchait le regain, ce qui donnait à la région, par ce venteux matin d'automne, une odeur de foin anachronique. Sur l'autre rive de l'Allier, la terre montait à perte de vue : un paysage automnal brûlé, brun-jaune, avec les taches noires des pinèdes et des routes blanches qui s'égarent entre les collines. Par-dessus tout cela, les nuages déposaient uniformément une ombre violacée, triste et un peu menaçante, exagérant les hauteurs et les distances, et mettant encore plus en relief les méandres de la grand-route. C'était une vision morne, mais stimulante pour le voyageur. Car je me trouvais alors aux confins du Velay, et tout ce que j'apercevais se trouvait dans une autre province : le Gévaudan sauvage, montagneux, inculte, qu'on venait seulement de déboiser par peur des loups.

Les loups, hélas, comme les bandits, semblent fuir l'arrivée du voyageur, et l'on peut traîner ses guêtres dans toute notre confortable Europe sans qu'il vous arrive une aventure digne de ce nom. Mais ici, mieux qu'en nulle autre terre, on touche aux frontières de l'espoir. Car c'était le pays de l'inoubliable BÊTE, le Napoléon des loups. Quelle carrière que la sienne ! Elle vécut dix mois en liberté dans le Gévaudan et le Vivarais. Elle dévorait les femmes et les enfants et « les bergères célèbres pour leur beauté », elle poursuivait les cavaliers armés, elle avait été vue en plein midi pourchassant une chaise de poste et son escorte sur la grand-route du roi, et la chaise et l'escorte se sauvaient au galop. Elle était recherchée comme un criminel politique, et sa tête était mise à prix pour dix mille francs. Et cependant, quand elle fut tuée et envoyée à Versailles, on ne vit qu'un loup des plus communs, et même assez petit. « Quand même je pourrais aller d'un pôle à l'autre » chantait Alexander Pope ; le Petit Caporal a secoué l'Europe ; et si tous les loups avaient été comme ce loup, ils auraient changé l'histoire de l'humanité. M. Élie Berthet en a fait le héros d'un livre que j'ai lu et que je n'ai pas envie de relire.

Je pressai mon repas, et je résistai au désir de la propriétaire que je visite Notre-Dame de Pradelles, « qui faisait beaucoup de miracles, malgré qu'elle était en bois » ; et avant trois quarts d'heure j'aiguillonnais Modestine dans la descente raide qui mène à Langogne sur l'Allier. De part et d'autre de la route, dans de vastes champs poussiéreux, les fermiers préparaient le printemps à venir. Tous les cinquante mètres, un couple de bœufs placides, au cou puissant, retournait patiemment la terre. Je vis l'un de ces formidables serviteurs de la glèbe prendre un soudain intérêt pour Modestine et pour moi. Le sillon qu'il parcourait formait un angle avec la route, et sa tête était solidement fixée au joug comme celle d'une caryatide sous une pesante corniche ; mais il vissa sur nous ses grands yeux honnêtes et nous suivit d'un regard ruminant, jusqu'à ce que son maître lui fît tourner la charrue et remonter le champ. De toutes ces charrues en labour, des sabots des bœufs, d'un journalier ici et là qui brisait les mottes sèches à la houe, le vent entraînait une poussière fine comme une fumée. C'était un beau paysage rustique, actif, respirant, et tandis que je poursuivais ma descente, les montagnes du Gévaudan continuaient de monter sous mes yeux contre le ciel.

J'avais franchi la Loire le jour précédent. J'allais maintenant traverser l'Allier, si proches sont ces deux cours d'eau dans leur jeunesse. Sur le pont de Langogne, alors que la pluie longtemps promise commençait à tomber, une gamine de sept ou huit ans m'adressa la sacro-sainte phrase « *D'où'st-ce que vous venez** ? » Elle me posa cette question avec tant de hauteur qu'elle me fit rire ; et cela la piqua à vif. Elle s'attendait évidemment à des égards, et continua à me regarder, drapée dans sa dignité offensée, alors que je traversais le pont et entrais dans le pays du Gévaudan.

LE HAUT GÉVAUDAN

Ici aussi le chemin était très pénible car boueux et rocailleux ; et il n'y avait sur tout ce terrain pas même une auberge ou un restaurant où rafraîchir les plus faibles.

Le Voyage du pèlerin.

UN CAMPEMENT DANS LE NOIR

Le lendemain (le mardi 24 septembre), il était 2 heures de l'après-midi que je n'avais pas encore fini de rédiger mon journal et de réparer mon havresac, car j'étais résolu à le porter dorénavant et à ne plus m'embarrasser de paniers. Une demi-heure plus tard je partis pour Le Cheylard-l'Évêque, à la lisière de la forêt de Mercoire. On m'avait dit qu'un homme mettait une heure et demie pour s'y rendre, et il ne me parut pas trop ambitieux de supposer qu'un homme encombré d'un âne pourrait couvrir cette même distance en quatre heures.

Pendant toute la longue montée après Langogne il plut et grêla alternativement ; le vent continuait à se rafraîchir, lentement mais sûrement ; des nuages abondants et pressés – les uns traînaient de droits rideaux de pluie, les autres, massés et lumineux, semblaient promettre la neige – venaient du nord au galop et me suivaient sur mon chemin. Je fus bientôt sorti du bassin cultivé de l'Allier, loin des bœufs au labour et autres images rurales du même ordre. La lande, les marais couverts de bruyères, les étendues de rochers et de pins, les bois de bouleaux tout sertis d'un jaune automnal, ici et là des chaumières nues et quelques champs désolés : telles étaient les caractéristiques du pays. Vallées et collines succédaient à vallées et collines. Les petits chemins à bestiaux, verts et caillouteux, s'égaraient les uns dans les autres, se divisaient en trois ou quatre, allaient mourir dans les creux marécageux, et reparaissaient sporadiquement à flanc de coteau ou aux abords d'un bois.

Il n'y avait pas de route directe pour Le Cheylard, et ce n'était pas une mince affaire que de se faire un passage dans ce pays vallonné et à travers ce labyrinthe intermittent de chemins. Il devait être environ 4 heures quand j'atteignis Sagnerousse, et je poursuivis ma route, content d'avoir un point de départ certain. Deux heures plus tard, alors que la nuit tombait rapidement, à un moment où le vent s'était apaisé, je sortis d'une sapinière où j'avais longuement erré et je trouvai, non pas le village désiré, mais un autre fond marécageux entouré de collines en désordre. Depuis quelque temps j'entendais le tintement des cloches du bétail devant moi et maintenant, parvenu à la lisière du bois, je vis près d'une douzaine de vaches et peut-être autant de silhouettes noires, que je supposai être des enfants, bien que la brume exagérât leurs formes de façon à les rendre presque méconnaissables. Ils se suivaient tous silencieusement, tournant en rond ; tantôt ils se prenaient les mains pour former une chaîne, tantôt se séparaient avec des révérences. Des enfants qui dansent ne suscitent que de très innocentes et joyeuses pensées mais, à la nuit tombante, dans les marais, ce spectacle avait quelque chose d'inquiétant et de fantastique. Même moi, qui ai assez souvent lu Herbert Spencer, je sentis comme un silence peser un moment sur mon esprit. L'instant d'après j'aiguillonnais Modestine pour la faire avancer, et je la guidais comme on guide un navire rebelle vers le large. Dans un sentier, elle avançait spontanément, avec opiniâtreté, comme sous une bonne brise, mais une fois sur l'herbe ou dans les bruyères, la bête devenait folle. Les voyageurs perdus ont tendance à tourner en rond, et chez elle ce penchant prenait les proportions d'une passion. Il me fallait user de toutes mes capacités de timonier pour lui imposer un parcours décemment droit à travers le moindre champ.

Tandis que je louvoyais désespérément à travers le bourbier, les enfants et le bétail commencèrent à se disperser, et il ne resta plus que deux petites filles, à qui je demandai mon chemin. Les paysans sont généralement peu disposés à renseigner un voyageur. À mon approche, un vieux diable s'était tout simplement retiré dans sa demeure, et avait barricadé sa porte ; et j'ai pu y tambouriner et m'égosiller, il fit la sourde oreille. Un autre, m'ayant fourni une indication que, je le vis plus tard, j'avais mal comprise, me regarda tranquillement faire fausse route sans ajouter un signe. Il ne se souciait pas plus que d'un brin de persil de savoir si je devais errer toute la nuit dans les collines ! Quant aux fillettes, c'étaient deux petites souillons insolentes et sournoises, qui ne pensaient qu'à mal. L'une me tira la langue, l'autre me dit de suivre les vaches, et toutes deux gloussèrent en se donnant des coups de coude. La Bête du Gévaudan a mangé une centaine d'enfants dans ce canton ; je commençai à éprouver pour elle une certaine sympathie.

Quittant les fillettes, je poursuivis à travers le marais, et j'entrai dans un autre bois et sur une route bien marquée. Il faisait de plus en plus noir. Modestine, commençant soudain à flairer un mauvais coup, améliora son pas de son propre chef, et dès lors ne me donna plus le moindre souci. Ce fut le premier signe d'intelligence que j'eus l'occasion de remarquer chez elle. Au même moment, le vent se mit à souffler plus froid, presque en bourrasque, et une nouvelle décharge de pluie violente arriva du nord. À l'autre bout du bois j'aperçus quelques fenêtres rouges dans le crépuscule. C'était le hameau de Fouzilhic ; trois maisons à flanc de coteau, près d'un bois de bouleaux. Je trouvai là un vieil homme charmant, qui fit une partie du chemin avec moi sous la pluie pour me mettre sur la bonne voie pour Le Cheylard. Il ne voulut pas entendre parler de récompense, mais agita les mains au-dessus de sa tête d'un air de menace, en proférant mille refus criards, dans un *patois** sans mélange.

Tout semblait enfin s'arranger. Mon esprit se mit à contempler l'idée d'un dîner et d'un âtre, et mon cœur s'attendrit agréablement. Hélas, j'étais au bord de nouvelles misères, plus grandes encore ! Soudain, d'un seul coup, la nuit tomba. Je me suis souvent trouvé à l'étranger en pleine nuit, mais jamais par une nuit plus noire. Une lueur de rochers, une lueur du sentier là où il était bien battu, une certaine densité laineuse, ou une nuit dans la nuit, pour un arbre – c'était tout ce que je pouvais discerner. Le ciel n'était qu'obscurité au-dessus de ma tête, et même les nuages continuaient leur vol, invisibles de l'œil humain. À un mètre de distance, je ne pouvais distinguer ma main du chemin, ni mon aiguillon des prairies ou du ciel.

Bientôt, la route que je suivais se divisa, selon la coutume du pays, en trois ou quatre, au milieu d'une prairie rocailleuse. Puisque Modestine avait montré tant de goût pour les sentiers battus, je m'en remis à son instinct, dans cette situation difficile. Mais l'instinct d'un âne est tel qu'on peut l'espérer ; au bout de trente secondes elle escaladait les rochers, de ci de là, aussi absolument perdue que peut l'être un âne. J'aurais installé mon camp bien avant si j'avais été convenablement équipé, mais l'étape devait être si courte que je n'avais emporté pour moi ni vin ni pain, et à peine plus d'une livre pour ma compagne. Ajoutez à cela que moi et Modestine étions tous deux joliment trempés par les averses. Et pourtant, si j'avais pu trouver un peu d'eau, je me serais arrêté aussitôt malgré tout. L'eau étant totalement absente, sauf sous forme de pluie, je décidai de regagner Fouzilhic et de demander qu'on me guide un peu plus loin sur mon chemin – « Étends un peu plus loin ta main qui me dirige. »

C'était là chose facile à décider, mais dure à

accomplir. Dans cette obscurité tangible, hurlante, je n'étais sûr de rien que de l'orientation du vent, contre lequel je tournai mon visage. La route avait disparu, et j'allai à travers la campagne, tantôt dans des marais découverts, tantôt stupéfié par des parois que Modestine ne pouvait escalader, jusqu'au moment où j'aperçus à nouveau quelques fenêtres rouges. Cette fois, elles étaient disposées différemment. Ce n'était pas Fouzilhic, mais Fouzilhac : ces deux hameaux n'étaient guère éloignés l'un de l'autre géographiquement, mais un monde les séparait pour ce qui est de la mentalité de leurs habitants. J'attachai Modestine à une barrière, et j'avançai à tâtons, trébuchant parmi les rochers, plongeant dans la boue jusqu'à mi-jambe, avant de pouvoir entrer dans le village. Dans la première maison éclairée, une femme refusa de m'ouvrir. Elle ne pouvait rien faire, me cria-t-elle à travers la porte, étant seule et infirme, mais si je m'adressais à côté, il y avait là un homme qui pourrait m'aider s'il y était disposé.

Ces voisins vinrent en force, un homme, deux femmes et une fillette, en apportant deux lanternes pour examiner le voyageur. L'homme n'avait pas mauvaise figure, mais son sourire n'inspirait pas confiance. Il s'appuya contre le chambranle de la porte, et m'écouta présenter mon cas. Tout ce que je demandais, c'était un guide pour me mener jusqu'au Cheylard.

« *C'est que, voyez-vous, il fait noir** », dit-il.

Je lui répondis que c'était précisément pourquoi je recherchais de l'aide.

« Je comprends ça », dit-il, d'un air mal à l'aise ; « *mais… c'est… de la peine** ».

Je lui signalai que j'étais prêt à payer. Il secoua la tête. Je montai jusqu'à dix francs ; mais il continua à secouer la tête.

« Faites donc votre prix, lui dis-je.

— *Ce n'est pas ça*, finit-il par répondre, non sans difficulté, *mais je ne sortirai pas de la porte**. »

Je m'échauffai un peu, et lui demandai ce qu'il voulait donc que je fasse.

« Où allez-vous après Le Cheylard ? me demanda-t-il en guise de réponse.

— Ça ne vous regarde pas », répliquai-je, car je n'étais pas prêt à satisfaire sa curiosité bestiale ; « ça ne change rien à ma situation présente.

— *C'est vrai, ça*, reconnut-il en riant, *oui, c'est vrai. Et d'où venez-vous* ? »*

Un homme plus patient que moi aurait pu se sentir piqué.

« Oh, dis-je, je n'ai pas l'intention de répondre à toutes vos questions, donc vous pouvez vous épargner la peine de me les poser. Je suis déjà assez en retard ; j'ai besoin d'aide. Si vous ne voulez pas me guider vous-même, aidez-moi du moins à trouver quelqu'un qui y consentira.

— Attendez, s'écria-t-il soudain. Ce n'est pas vous qui avez traversé la prairie quand il faisait encore jour ?

— Oui, oui, dit la fillette, que je n'avais pas reconnue jusque-là, c'était monsieur ; je lui ai dit de suivre les vaches.

— Quant à vous, mademoiselle, dis-je, vous êtes une *farceuse**.

— Et que diable avez-vous donc fait, ajouta l'homme, pour être encore ici ? »

Que diable, en effet ! Mais le fait est que j'étais encore là.

« Tout ce que je souhaite, c'est d'en finir », dis-je, et je proposai une fois de plus qu'il m'aide à trouver un guide.

« *C'est que*, répéta-t-il, *c'est que... il fait noir**.

— Très bien, dis-je, prenez l'une de vos lanternes.

— Non », cria-t-il, en se reculant à peine ; et il se retrancha à nouveau derrière l'une de ses phrases précédentes : « Je ne sortirai pas de la porte. »

Je le regardai. Je vis sur son visage lutter une terreur bien réelle avec une honte non moins réelle ; il souriait de façon pitoyable en mouillant sa lèvre avec sa langue, comme un écolier pris en faute. Je dressai un rapide tableau de ma situation, et lui demandai ce que je devais faire.

« Je ne sais pas, dit-il, je ne sortirai pas de la porte. »

Cet homme était la vieille Bête du Gévaudan, pas d'erreur.

« Monsieur, dis-je, de mon ton le plus impérieux, vous êtes un lâche. »

Sur quoi je tournai le dos à la petite famille, qui se dépêcha de se retirer à l'intérieur de ses fortifications, et la fameuse porte fut refermée, mais pas avant que j'aie pu entendre des éclats de rire. *Filia barbara pater barbarior*. Je répète, au pluriel : les Bêtes du Gévaudan.

Les lanternes m'avaient un peu ébloui, et je me frayai péniblement un passage parmi les cailloux et les tas d'ordures. Toutes les autres maisons du village étaient obscures et silencieuses ; j'eus beau frapper ici et là, je n'obtins aucune réponse. C'était un échec cuisant, et je maudis Fouzilhac en partant. La pluie avait cessé, et le vent, qui continuait à monter, commença à sécher mon manteau et mon pantalon. « Très bien, pensai-je, avec ou sans eau, il faut que je campe. » Mais la première chose était de rejoindre Modestine. Je suis à peu près sûr d'avoir passé vingt minutes à chercher à tâtons ma dame dans le noir et, n'était le service peu charitable du bourbier, dans lequel je trébuchai à nouveau, j'aurais encore été en train de la chercher à l'aube. Je voulus ensuite m'abriter dans un bois, car le vent était aussi froid qu'exubérant. Comment j'ai pu mettre si longtemps à trouver une forêt, dans cette région si boisée, voilà encore un mystère insoluble parmi les aventures de cette journée, mais je suis prêt à jurer qu'il me fallut presque une heure pour en découvrir une.

Enfin, des arbres noirs se montrèrent à ma gauche, et traversant soudain la route, formèrent une caverne d'obscurité absolue juste devant moi. Je n'exagère pas quand je parle d'une caverne : c'était comme entrer dans un cachot que de passer sous cette arche de feuilles. Je tendis les bras jusqu'à ce que ma main rencontre une branche solide, à laquelle j'attachai Modestine, hagarde, trempée, abattue. Je défis mon ballot, le posai contre le muret qui bordait la route, et je défis les sangles. Je savais bien où se trouvait la lanterne, mais où étaient les chandelles ? J'entrepris de fouiller et de refouiller parmi tous les objets en désordre, quand je mis tout à coup la main sur la lampe à alcool. Sauvé ! Elle ferait tout aussi bien l'affaire. Le vent rugissait entre les arbres sans discontinuer, j'entendais les rameaux s'entrechoquer et les feuilles s'agiter sur près d'un kilomètre de forêt. Pourtant le lieu de mon campement était non seulement noir comme un four, mais admirablement abrité. À la seconde allumette, la mèche s'enflamma. La lumière était livide et mouvante, mais elle me coupait du monde, et redoublait l'obscurité de la nuit environnante.

J'attachai Modestine de manière plus commode pour elle, et je rompis la moitié du pain noir pour son souper, en réservant l'autre moitié pour le lendemain matin. Je rassemblai ensuite à portée de main tout ce dont j'avais besoin. J'enlevai mes bottines et mes jambières mouillées et je les enveloppai dans mon imperméable. Je fis de mon havresac un oreiller sous le rabat de mon sac de couchage, j'introduisis mes jambes à l'intérieur, et je m'emmaillotai comme un *bambino*. J'ouvris une boîte de mortadelle, je cassai une tablette de chocolat, et ce fut tout ce que je mangeai. Cela peut paraître répugnant, mais je les mangeai ensemble, bouchée par bouchée, en guise de pain et de viande. Je n'avais pour arroser ce mélange révoltant que du cognac pur, boisson révoltante en soi. Mais mon appétit était exceptionnel ; je mangeai bien, et je fumai l'une des meilleures cigarettes de ma vie. Je mis ensuite une pierre dans mon chapeau de paille, je rabattis les oreillettes de mon bonnet de fourrure sur mon cou et mes yeux, je mis mon revolver à portée de main, et je m'enfonçai douillettement dans la peau de mouton.

Je me demandai tout d'abord si j'avais sommeil, car je sentais mon cœur battre plus vite que d'habitude, comme animé d'une plaisante excitation à laquelle mon esprit demeurait étranger. Mais dès que mes paupières se touchèrent, une glu subtile se glissa entre elles et elles ne voulurent plus se séparer. Le vent dans les arbres me servit de berceuse. Il soufflait parfois pendant plusieurs minutes d'affilée avec un élan uniforme et constant, qui ne montait ni ne diminuait ; puis il se gonflait et éclatait comme une lame qui se brise avec fracas, et les arbres m'aspergeaient des grosses gouttes de la pluie de l'après-midi. Nuit après nuit, dans ma chambre, à la campagne, j'ai pu écouter ce troublant concert du vent à travers les bois ; mais est-ce parce que les arbres n'étaient pas les mêmes, et le sol disposé autrement, est-ce parce que j'étais alors en plein air et en plein milieu de tout cela, il n'en reste pas moins que le vent chantait un air bien différent parmi ces bois du Gévaudan. Tandis que je gardais l'oreille tendue, encore et encore, le sommeil prenait peu à peu possession de mon corps, engourdissait mes pensées et mes sens. Pourtant mon dernier effort avant de m'endormir fut d'écouter attentivement et mon dernier état conscient fut l'émerveillement devant l'étrange clameur qui résonnait dans mes oreilles.

Deux fois pendant les heures obscures je fus rappelé un instant à la conscience, d'abord parce qu'une pierre me gênait sous le sac, et ensuite parce que la pauvre Modestine, malgré sa patience, finissant par se fâcher, piétinait et frappait la route du sabot. Je vis chaque fois une étoile ou deux et le bord du feuillage se découper comme une dentelle contre le ciel. Quand je m'éveillai une troisième fois (mercredi 25 septembre), le monde était inondé d'une lumière bleue, mère de l'aube. Je vis les feuilles lutter avec peine contre le vent, je vis le ruban de la route et, en tournant la tête, Modestine attachée à un hêtre, se tenant à moitié sur le chemin, d'un air de patience inimitable. Je refermai les yeux, et me mis à penser aux incidents de cette nuit. Je fus surpris de trouver à quel point tout cela avait été agréable et facile, même par cette tempête. La pierre qui m'avait réveillé n'aurait pas été là si je n'avais été obligé de camper à l'aveuglette dans la nuit opaque. Je n'avais éprouvé aucune autre gêne, sauf quand mes pieds heurtaient la lanterne ou le second volume des *Pasteurs du désert* de Peyrat, au milieu du pêle-mêle de mon sac de couchage ; que dis-je, je n'avais pas senti le moindre froid, et je m'étais éveillé plein de pensées exceptionnellement gaies et claires.

Sur ce, je me secouai, remis mes bottines et mes jambières et, après avoir cassé le reste du pain pour Modestine, je fis quelques pas pour voir dans quelle partie du monde je m'étais éveillé. Ulysse, abandonné à Ithaque, l'esprit troublé par la déesse, n'était pas plus agréablement perdu. Toute ma vie j'ai cherché l'aventure, une aventure pure, sans passion, telle qu'il en advenait aux héros voyageurs de jadis, et c'était voir une fraction de mes rêveries se réaliser que de me trouver ainsi le matin, dans un recoin perdu et boisé du Gévaudan, ne sachant où était le nord ou le sud, sans connaître les alentours mieux que le premier homme sur la terre, naufragé à l'intérieur des terres. J'étais à la lisière d'un petit bois de bouleaux, parsemé de quelques hêtres. Derrière, il rejoignait un autre bois de sapins, et devant, il s'éclaircissait et descendait en ordre dispersé dans un vallon herbeux et peu profond. Tout autour s'étendaient des collines aux sommets nus, les unes proches, les autres lointaines, selon que la perspective se fermait ou s'ouvrait, mais aucune en apparence plus haute que le reste. Le vent poussait les arbres les uns contre les autres. Sur les bouleaux, les taches d'or de l'automne se balançaient en frémissant. Le ciel était plein de lambeaux et de fragments de nuage qui volaient, s'évanouissaient et reparaissaient, en tournant autour d'un axe comme des acrobates, tandis que le vent les poursuivait d'en haut. Ce temps farouche était d'un froid affamant. Je mangeai un peu de chocolat, j'avalai une gorgée de cognac et je fumai une cigarette avant que le froid ne rende mes doigts incapables d'agir. Cela accompli, une fois mon ballot refait et attaché au bât, le jour se montra sur la pointe des pieds au seuil de l'orient. Nous n'avions fait que quelques pas sur le chemin quand le soleil, encore invisible, envoya une lueur d'or sur les montagnes de nuages rangées le long du ciel, à l'est.

Le vent nous prenait en poupe, et sa morsure nous pressait en avant. Je me boutonnai dans mon manteau, et je marchai, l'esprit bien disposé envers l'humanité, quand soudain, à un tournant, Fouzilhic se trouva de nouveau devant moi. Et pas seulement Fouzilhic, mais aussi le vieil homme qui m'avait escorté si loin la veille, qui courut hors de chez lui à ma vue, en jetant les bras au ciel, horrifié.

« Mon pauvre garçon ! cria-t-il. Qu'est-ce que ça veut dire ? »

Je lui racontai ce qui s'était passé. Il battit de ses vieilles mains comme les pales d'un moulin, en pensant avec quelle légèreté il m'avait laissé partir ; mais quand il m'entendit parler de l'homme de Fouzilhac, la colère et l'accablement s'emparèrent de son esprit.

« Cette fois, au moins, dit-il, il n'y aura pas d'erreur. »

Et il me suivit en boitant, car il était bien atteint par les rhumatismes, sur un peu moins d'un kilomètre, et jusqu'à ce que je sois presque en vue du Cheylard, cette destination que j'avais recherchée si longtemps.

LE CHEYLARD ET LUC

En toute honnêteté, il semble que Le Cheylard ne valait guère de l'avoir tant cherché. Quelques morceaux de village sans ordre, aucune véritable rue, mais une succession de lieux ouverts où s'entassaient bûches et fagots ; deux ou trois croix penchées, une chapelle de Notre-Dame-de-Toutes-les-Grâces au sommet d'une petite colline ; le tout surplombant une vigoureuse rivière de montagne, au coin d'une vallée nue. « Qu'es-tu donc allé voir ? » me dis-je. Mais ce lieu avait une vie propre. Je trouvai une plaque qui commémorait les libéralités du Cheylard pour l'année précédente, accrochée comme une bannière dans la minuscule église branlante. Il apparaissait qu'en 1877 les habitants avaient souscrit quarante-huit francs dix centimes pour « l'Œuvre de la propagation de la foi ». Je ne pus m'empêcher d'espérer qu'une partie de cette somme serait consacrée à mon pays natal. Le Cheylard racle ses fonds de tiroir pour les âmes enténébrées d'Édimbourg, tandis que Balquhidder et Dunrossness déplorent l'ignorance de Rome. C'est ainsi que, pour le plus grand divertissement des anges, nous nous bombardons d'évangélistes, comme des écoliers qui se chamaillent dans la neige.

L'auberge était encore une fois singulièrement dénuée de prétentions. Tout le mobilier de cette famille pas si mal lotie se trouvait dans la cuisine : les lits, le berceau, les vêtements, le vaisselier, le coffre à farine et la photographie du curé. Il y avait cinq enfants, dont l'un fut mis à ses prières matinales au pied de l'escalier peu après mon arrivée, et un sixième devait arriver avant longtemps. Je fus aimablement reçu par ces braves gens. Ma mésaventure les intéressa grandement. Le bois dans lequel j'avais dormi leur appartenait ; l'homme de Fouzilhac leur sembla un monstre d'iniquité, et ils me conseillèrent vivement de le poursuivre en justice, « parce que j'aurais pu mourir ». La bonne femme fut saisie d'horreur en me voyant boire plus d'une pinte de lait non écrémé.

« Vous allez attraper du mal, dit-elle. Laissez-moi vous le bouillir. »

Après avoir commencé la matinée par ce suc

délicieux, comme la dame avait une infinité de choses à mettre en ordre, on me permit, ou plutôt on me demanda de me faire un bol de chocolat. Mes bottines et mes jambières furent suspendues pour sécher et, me voyant essayer de rédiger mon journal sur mes genoux, la fille aînée déplia une table à abattant dans le coin de la cheminée pour rendre mon travail plus commode. C'est là que j'écrivis, que je bus mon chocolat, et finalement mangeai une omelette avant de partir. La table était couverte d'une épaisse couche de poussière : comme ils me l'expliquèrent, elle ne servait qu'en hiver. Dans la gaine de la cheminée, à travers des masses de suie brune et de vapeur bleue, je pouvais voir clairement jusqu'au ciel, et chaque fois qu'on jetait une poignée de brindilles dans le feu, mes jambes étaient brûlées par la flamme.

Le mari avait commencé comme muletier, et quand j'en vins à charger Modestine, il se montra plein de la prudence de son art. « Vous devrez changer ce paquetage, dit-il ; il faudrait deux ballots, et alors vous pourriez en transporter deux fois plus ».

Je lui expliquai que je n'avais besoin de rien de plus ; et que je n'aurais coupé en deux mon sac de couchage pour l'amour d'aucun âne de la Création.

« Ça la fatigue, pourtant, dit l'aubergiste ; ça la fatigue fort dans la marche. Regardez ».

Hélas, l'intérieur de ses pattes de devant ne valait guère mieux que de la chair de bœuf à vif, et le sang coulait de sous sa queue. On m'avait dit à mon départ, et j'étais prêt à le croire, qu'au bout de quelques jours j'aimerais Modestine comme un chien. Trois jours s'étaient écoulés, nous avions partagé quelques mésaventures, et mon cœur restait aussi froid qu'une pomme de terre à l'égard de ma bête de somme. Elle était assez jolie à regarder mais elle avait fait preuve d'une stupidité bornée, rachetée, il est vrai, par sa patience, mais aggravée par des instants de légèreté désolante et malvenue. Et j'avoue que cette nouvelle découverte semblait un grief de plus contre elle. À quoi diable servait une ânesse si elle ne pouvait porter un sac de couchage et quelques objets de première nécessité ? Je voyais approcher à grands pas la fin de cette fable, quand je devrais porter Modestine. Ésope connaissait bien son monde ! C'est plein de lourdes pensées, je vous l'assure, que je me mis en route pour ma courte journée de marche.

Ce n'est pas seulement Modestine qui pesait sur mon esprit en chemin ; toute l'affaire m'écrasait comme plomb du début à la fin. Premièrement, le vent soufflait avec tant de violence que je dus tenir le ballot d'une main du Cheylard jusqu'à Luc. Deuxièmement, ma route traversait l'une des régions du monde les plus misérables. On eût dit le pire des Highlands d'Écosse, mais pis encore, froid, nu, et ignoble, avare de bois, avare de bruyères, avare de vie. Une route et quelques barrières rompaient la monotonie de cette désolation, et la ligne de la route était marquée par des poteaux droits, qui servaient de points de repère par temps de neige.

Pour quelle raison quelqu'un pourrait avoir envie de visiter Le Cheylard ou Luc, voilà qui dépasse mon esprit fertile en invention. Pour ma part, je ne voyage pas pour aller quelque part, mais pour aller. Je voyage pour l'amour du voyage. La grande affaire est de bouger, de sentir de plus près les besoins et les démangeaisons de notre vie, de descendre de ce lit de plumes qu'est la civilisation, et de trouver sous nos pieds le globe granitique, semé de silex coupants. Hélas, tandis que nous avançons dans la vie, comme nos affaires nous préoccupent de plus en plus, il nous faut travailler même pour nos loisirs. Maintenir un ballot sur un bât contre les rafales glacées du nord n'est pas un grand travail, mais cette industrie sert à occuper et à calmer notre esprit. Et quand le présent est si absorbant, qui peut se tracasser de l'avenir ?

Je parvins enfin au-dessus de l'Allier. Il serait difficile d'imaginer une vision plus déplaisante à cette saison de l'année. Des collines étagées se dressaient tout autour, ici tachetées de bois et de champs, là s'élevant en cimes tantôt nues, tantôt hérissées de pins. La couleur de l'ensemble était noire ou cendrée, et atteignait son comble dans les ruines du château de Luc, qui s'érigeaient avec impudence dessous mes pieds, portant sur une tourelle une haute statue blanche de Notre-Dame qui, je l'appris avec intérêt, pesait cinquante quintaux, et devait être consacrée le 6 octobre. À travers ce paysage désolé s'égouttaient l'Allier et un affluent de taille presque équivalente qui descendait le rejoindre dans une large vallée dénudée du Vivarais. Le temps s'était un peu éclairci, et les nuages s'amassaient en escadrons, mais le vent furieux continuait à les pourchasser à travers le ciel, et projetait d'affreuses éclaboussures d'ombre et de soleil sur la scène.

Luc proprement dit était une double rangée irrégulière de maisons prises en étau entre la colline et la rivière. C'était un village sans beauté, sans le moindre trait distinctif, à part le vieux château au-dessus et ses cinquante quintaux de Vierge toute neuve. Mais l'auberge était propre et spacieuse. Avec ses deux lits clos ornés d'impeccables rideaux à carreaux, sa large cheminée de pierre, son manteau de cheminée long de près de quatre mètres garni de lanternes et de statuettes pieuses, son alignement de coffres et son couple d'horloges avec leur tic-tac, la cuisine était l'exemple parfait de ce qu'une cuisine doit être, une cuisine de mélodrame, idéale pour des bandits ou des nobles déguisés. L'hôtesse ne déparait pas ce lieu, une vieille femme brune, belle et silencieuse, vêtue et encapuchonnée de noir comme une religieuse. Même la chambre à coucher commune avait son caractère, avec ses longues tables et ses bancs de pin, installés comme pour des moissonneurs, où cinquante personnes auraient pu dîner, et les trois lits clos le long du mur. C'est dans l'un d'eux, couché sur la paille et couvert de quelques serviettes de table, que je fis pénitence toute la nuit.

J'avais la chair de poule, je claquais des dents, et de temps en temps, quand je me réveillais, je soupirais après mon sac en peau de mouton et l'asile de quelque grand bois.

NOTRE-DAME-DES-NEIGES

J'aperçois
La Maison, l'austère Confrérie,
Et que suis-je pour être ici ?
MATTHEW ARNOLD.

LE PÈRE APOLLINAIRE

Le lendemain matin (jeudi 26 septembre), je modifiai mon chargement avant de prendre la route. Le sac n'était plus plié en deux, mais accroché en travers du bât dans toute sa longueur, saucisse verte de deux mètres aux deux bouts de laquelle pendait une touffe de laine bleue. Cette disposition était plus pittoresque, elle épargnait l'âne et, je commençais à le voir, elle garantirait la stabilité du ballot, que le vent soit fort ou non. Ce n'est pourtant pas sans regret que j'en avais décidé ainsi. Car si j'avais acheté de la ficelle neuve, et mené l'opération aussi vite que possible, je n'en continuais pas moins à craindre maladivement que les rabats ne glissent hors du sac et n'éparpillent mes effets le long du chemin.

Ma route s'élevait dans la vallée chauve de la rivière, à la frontière du Vivarais et du Gévaudan. À droite, les collines du Gévaudan étaient un peu plus nues, si c'est possible, que celles du Vivarais, à gauche. Elles avaient le monopole de petits groupes de buissons bas qui poussaient dru dans les gorges et mouraient en pointes isolées sur les épaulements et les sommets. Les sapins formaient des blocs noirs, comme cimentés çà et là des deux côtés, et çà et là s'étendaient des champs cultivés. Une voie ferrée longeait la rivière ; c'est le seul tronçon de chemin de fer du Gévaudan, bien que de nombreux projets soient sur pied et que de nombreuses enquêtes soient en cours, et surtout bien que, à ce qu'on me dit, une gare soit déjà toute construite à Mende. Une année ou deux de plus, et ce pourrait être un autre monde. Le désert est assiégé. Quelque Wordsworth languedocien peut maintenant tourner en *patois** le sonnet : « Montagnes, vallons et flots, entendiez-VOUS ce sifflet ? »

À un endroit nommé La Bastide, on m'avait dit de quitter la rivière et de suivre une route qui montait sur la gauche entre les collines du Vivarais, l'Ardèche moderne, car j'étais à présent à peu de distance de mon étrange destination, le monastère trappiste de Notre-Dame-des-Neiges. Le soleil apparut alors que je quittais l'abri d'un bois de pins, et j'aperçus soudain un beau paysage sauvage au sud. La vue était fermée par de hautes collines rocheuses, bleues comme le saphir, entre lesquelles s'empilaient les crêtes, pleines de bruyère et de rocs, le soleil brillait sur les veines de rocher, les broussailles s'agrippaient dans les creux, aussi incultes que Dieu les avait créés. On ne distinguait nulle part le moindre signe de la main de l'homme, ni la moindre trace de son passage, sauf là où génération après génération il avait marché dans les chemins tordus, à droite et à gauche entre les hêtres, et de haut en bas sur les pentes ravinées. Les brumes qui m'avaient entouré jusque-là étaient maintenant divisées en nuages, qui s'envolèrent rapidement pour aller briller de tout leur éclat au soleil. Je respirai profondément. Il était agréable de parvenir, après si longtemps, à une scène qui avait de quoi réjouir l'âme humaine. J'admets que j'aime la netteté des contours dans ce que mes yeux doivent contempler, et si on vendait les paysages comme les bonshommes imprimés de mon enfance, un sou en noir et deux sous en couleurs, j'irais jusqu'à deux sous tous les jours de ma vie.

Mais si au sud, les choses s'amélioraient, plus près de moi, tout était encore désolé et inhospitalier. Au sommet de chaque colline, une croix arachnéenne marquait le voisinage d'une maison religieuse ; et quatre cents mètres plus loin, alors que la vue au sud s'ouvrait et s'enhardissait à chaque pas, une blanche statue de la Vierge au coin d'une jeune plantation dirigeait le voyageur vers Notre-Dame-des-Neiges. Je tournai donc à gauche à cet endroit et, en menant devant moi mon âne séculier, faisant craquer mes bottines et jambières séculières, je poursuivis mon chemin vers le refuge du silence.

Je n'eus pas à avancer beaucoup avant que le vent ne m'apporte le son d'une cloche, et à l'entendre, je peux à peine dire pourquoi, mon cœur tressaillit. J'ai rarement ressenti terreur moins feinte qu'aux abords du monastère de Notre-Dame-des-Neiges. Voilà ce que c'est que d'avoir eu une éducation protestante. Et soudain, au détour du chemin, la peur s'empara de moi de la tête aux pieds, une peur servile et superstitieuse. Certes, je continuai à avancer, mais je me mis à marcher lentement, comme un homme qui aurait passé une borne sans s'en apercevoir et se serait égaré au pays des morts. Car là, sur l'étroite route récemment tracée, entre les jeunes pins, se tenait un moine médiéval, luttant avec sa brouettée de tourbe. Chaque dimanche, dans mon enfance, j'étudiais les ermites de Marco Sadeler, ces gravures enchanteresses, pleines de bois, de champs et de paysages moyenâgeux, vaste domaine où pouvait vagabonder l'imagination ; et j'avais à coup sûr devant moi l'un des héros de Marco Sadeler. Il portait une robe blanche comme tout spectre, et alors qu'il se débattait avec la brouette, son capuchon retomba et découvrit un crâne tonsuré jaune comme une tête de mort. Il aurait pu être enterré depuis mille ans, et tous ses membres vivants dissous dans le sol et concassés par le brise-mottes du fermier.

Mon esprit s'inquiétait par ailleurs des problèmes d'étiquette. Oserais-je adresser la parole à une personne tenue par le vœu du silence ? Non, de toute évidence. Mais en m'approchant, j'ôtai ma casquette pour le saluer, avec une révérence distante et superstitieuse. Il hocha la tête en retour, et m'interpella joyeusement. Est-ce que j'allais au monastère ? Qui étais-je ? Étais-je anglais ? Ah, irlandais, alors ?

« Non, dis-je, je suis écossais. »

Écossais ? Ah, il n'avait jamais vu d'Écossais auparavant. Et il me regarda de la tête aux pieds. Son bon visage honnête et robuste brillait d'intérêt, comme un enfant qui regarderait un lion ou un alligator. C'est de lui que j'appris avec dépit que je ne pouvais être reçu à Notre-Dame-des-Neiges ; peut-être pourrait-on m'y donner un repas, mais c'était tout. Puis, alors que notre conversation se poursuivait, quand il s'avéra que je n'étais pas colporteur, mais homme de lettres, que je dessinais les paysages et que j'allais écrire un livre, il changea d'opinion quant à mon hébergement (car je crains bien que, même dans un monastère trappiste, on respecte les personnes) et me dit de demander sans faute une entrevue avec le prieur, et de lui expliquer mon cas en détail. Après réflexion, il décida de m'accompagner, pensant qu'il pourrait mieux s'occuper de moi. Avait-il le droit de me dire géographe ?

Non ; je pensai, dans l'intérêt de la vérité, qu'il n'en avait absolument pas le droit.

« Très bien, alors (d'un ton désappointé) auteur. »

Il apparut qu'il avait été au séminaire avec six jeunes Irlandais, tous prêtres depuis longtemps, qui recevaient les journaux et le tenaient informé de la situation des affaires ecclésiastiques en Angleterre. Et il m'interrogea vivement sur le docteur Pusey, pour la conversion duquel le brave homme continuait à prier matin et soir.

« Je pensais qu'il était bien près de la vérité, dit-il, et il finira par l'atteindre ; il y a tant de vertu dans la prière. »

Seul un protestant austère et inhumain aurait pu s'offusquer de cette sympathique histoire pleine d'espoir. Tant qu'il était sur ce sujet, le bon père me demanda si j'étais chrétien. Quand il apprit que je ne l'étais pas, ou du moins pas comme il l'entendait, il glissa généreusement sur ce chapitre.

La route que nous suivions, que ce vigoureux moine avait construite de ses propres mains en l'espace d'un an, arriva à un tournant, et découvrit quelques bâtiments blancs situés un peu au-delà du bois. À ce même moment la cloche résonna une fois de plus. Nous étions tout près du monastère. Le P. Apollinaire (car tel était le nom de mon compagnon) m'arrêta.

« Là-bas, je ne dois pas vous parler, dit-il. Demandez le frère tourier, et tout se passera bien. Mais essayez de me voir quand vous repartirez à travers le bois, où je pourrai vous parler. Je suis ravi d'avoir fait votre connaissance. »

Puis, en levant soudain les bras et en agitant les doigts, il cria deux fois : « Je ne dois pas parler, je ne dois pas parler ! » avant de s'enfuir devant moi et de disparaître dans l'entrée du monastère.

Je dois dire que cette excentricité avait je ne sais quoi de lugubre qui fit renaître une bonne part de mes terreurs. Mais puisque ce moine était plein de bonté et de simplicité, pourquoi tous les autres ne lui ressembleraient-ils pas ? Je pris mon courage à deux mains et je m'avançai vers le portail aussi vite que me le permettait Modestine, qui ne semblait guère porter les monastères dans son cœur. C'était la première porte que, à ma connaissance, elle ne mettait pas une hâte indécente à franchir. Je demandai que l'on m'ouvre, selon les règles, mais le cœur tremblant. Le P. Michel, le père hôtelier et deux ou trois frères en robe brune vinrent à la porte et me parlèrent un moment. Je pense que mon sac de couchage était la grande attraction ; il avait déjà séduit le cœur du pauvre Apollinaire, qui m'avait enjoint, sur ma vie, de le montrer au prieur. Mais que ce soient mes propos, le sac ou l'idée, rapidement propagée parmi les moines qui s'occupent des visiteurs, que je n'étais nullement colporteur, ma réception ne fit aucune difficulté. Modestine fut emmenée aux écuries par un frère lai, et mon sac et moi fûmes reçus à Notre-Dame-des-Neiges.

LES MOINES

Le P. Michel, homme souriant, au visage frais et plaisant, âgé d'environ trente-cinq ans, m'emmena à la dépense et me donna un verre de liqueur pour me faire patienter jusqu'au dîner. Nous causâmes un moment, ou je devrais plutôt dire qu'il écouta mon babil avec indulgence, mais d'un air distrait, comme un pur esprit qui rencontre une créature d'argile. Et à la vérité, en me souvenant que je dissertai principalement sur mon appétit, et que plus de dix-huit heures devaient s'être alors écoulées depuis que le P. Michel avait mangé ne serait-ce qu'un morceau de pain, je comprends aisément qu'il ait pu trouver une saveur toute terrestre à ma conversation. Mais son attitude, bien que supérieure, était d'une urbanité exquise, et je me surprends à éprouver encore aujourd'hui une secrète curiosité quant au passé du P. Michel.

Une fois l'apéritif administré, on me laissa seul un moment dans le jardin du monastère. C'est en fait la cour principale, divisée en allées sablées et en parterres de dahlias multicolores, avec une fontaine et une Vierge noire au centre. Elle est entourée sur ses quatre côtés de bâtiments mornes, sur lesquels les années et le climat n'ont encore pu agir, et sans autres traits distinctifs qu'un clocher et deux pignons couverts d'ardoise. Moines blancs et moines bruns passaient silencieusement dans les allées, et quand j'arrivai, trois frères encapuchonnés étaient agenouillés sur la terrasse, en prière. Le monastère est dominé, d'un côté, par une colline nue, et de l'autre, par la forêt. Il est exposé au vent, la neige tombe souvent entre octobre et mai, et reste parfois au sol six semaines d'affilée. Mais quand bien même les bâtiments seraient en plein paradis, dans un climat céleste, ils auraient le même aspect hivernal et lugubre ; et pour ma part, en ce mauvais jour de septembre, je fus glacé extérieurement et intérieurement avant qu'on m'appelle pour le dîner.

Quand j'eus fait honneur au repas, le frère Ambroise, un brave Français loquace (car tous ceux qui s'occupent des étrangers ont la liberté de parler), me mena à une petite chambre située dans la partie des bâtiments réservée à *MM. les retraitants**. Elle était propre, blanchie à la chaux, meublée du strict nécessaire : un crucifix, un buste du dernier pape, un exemplaire de *L'Imitation de Jésus-Christ* en français, un livre de méditations religieuses, et une *Vie d'Elizabeth Seton*, apparemment évangéliste en Amérique du Nord, en Nouvelle-Angleterre en particulier. Pour autant que je puisse en juger d'après mon expérience, il y a encore du travail à faire en ce qui concerne l'évangélisation de ces régions. Cependant, pensez à Cotton Mather ! J'aimerais lui donner lecture de ce petit ouvrage, au ciel où j'espère qu'il réside, mais peut-être connaît-il déjà tout cela, et bien davantage, et peut-être lui et Mrs. Seton sont-ils les meilleurs amis du monde, et peut-être unissent-ils leurs voix en un psaume éternel. Au-dessus de la table, pour conclure l'inventaire de la pièce, était accrochée une liste de règles destinées à *MM. les retraitants** : à quels offices ils devaient assister, quand ils devaient dire leur chapelet ou méditer, et quand ils devaient se lever ou aller se coucher. En bas de la page figurait un remarquable N.B. : « *Le temps libre est employé à l'examen de conscience, à la confession, à faire de bonnes résolutions** », etc. Faire de bonnes résolutions, c'est cela ! Autant vouloir faire pousser les cheveux sur sa tête.

Je finissais à peine d'explorer ma cellule quand le frère Ambroise revint. Un pensionnaire anglais voulait me parler. Je me déclarai prêt à le recevoir, et le moine introduisit un petit Irlandais de cinquante ans, encore jeune et frais. C'était un diacre catholique, en habits sacerdotaux, portant sur la tête ce que, dans mon ignorance, je ne peux qu'appeler un shako ecclésiastique. Il avait passé sept ans en retraite dans un couvent de nonnes en Belgique, et cinq autres à Notre-Dame-des-Neiges. Il ne voyait jamais un journal anglais, il s'exprimait dans un français imparfait, et quand bien même il l'eût parlé comme sa langue maternelle, il n'y avait guère de possibilités de conversation là où il vivait. C'était du reste un homme extrêmement sociable, avide d'informations, naïf comme un enfant. Si j'étais enchanté d'avoir trouvé un guide dans le monastère, il n'était pas moins ravi de voir un visage anglais et d'entendre une langue anglaise.

Il me montra sa chambre, où il passait son temps entre ses bréviaires, ses bibles hébraïques et les romans de Walter Scott. Puis il me fit visiter les cloîtres, la salle du chapitre, le vestiaire, où étaient accrochés les robes des moines et leurs grands chapeaux de paille, tous accompagnés d'un écriteau portant le nom en religion de leur propriétaire, noms pleins d'intérêt et de suavité légendaire, comme Basile, Hilarion, Raphaël ou Pacifique ; la bibliothèque, où se trouvaient toutes les œuvres de Veuillot et de Chateaubriand, et les *Odes et ballades*, s'il vous plaît, et même Molière, sans parler d'innombrables Pères de l'Église et d'une grande variété d'historiens locaux et généraux. Mon bon Irlandais me fit ensuite faire le tour des ateliers, où les moines font du pain, fabriquent des roues de charrettes, et prennent des photographies, où l'un d'eux tient une collection de curiosités, et un autre une ménagerie de lapins. Car dans un monastère trappiste chaque moine a une occupation de son propre choix, en dehors de ses devoirs religieux et des travaux d'intérêt collectif. Chacun doit chanter dans le chœur, s'il a de la voix et de l'oreille, et participer à la fenaison, s'il a la force de se remuer, mais dans ses heures privées, bien qu'il doive être occupé, il peut s'occuper à ce qu'il lui plaît. C'est ainsi qu'on me raconta qu'un frère se vouait à la littérature, tandis que le P. Apollinaire s'affaire à construire des routes, et que l'abbé s'emploie à relier des livres. Il n'y a d'ailleurs pas bien longtemps que l'abbé a été consacré, et à cette occasion, par grâce spéciale, sa mère eut l'autorisation d'entrer dans la chapelle et d'assister à la cérémonie. Ce fut un grand jour pour elle que de voir son fils nommé abbé mitré ; cela fait plaisir de savoir qu'on l'a laissée entrer.

Durant toutes nos allées et venues, nous croisâmes plusieurs pères et frères silencieux. En général, ils ne prêtaient pas plus attention à notre passage que si nous avions été des nuées, mais parfois le bon diacre devait leur demander certaine permission, qui était accordée par un mouvement particulier des mains, un peu comme celui des pattes d'un chien qui nage, ou refusée par les signes ordinaires de dénégation, et dans un cas comme dans l'autre, les paupières baissées et avec l'air de contrition d'un homme qui s'approche bien dangereusement du mal.

Les moines, par une grâce spéciale de leur abbé, prenaient encore deux repas par jour, mais le temps était déjà venu de leur grand jeûne, qui commence quelque part en septembre et dure jusqu'à Pâques. Durant cette période, ils ne mangent qu'une fois par jour, à 2 heures de l'après-midi, douze heures après avoir commencé la veille et le labeur quotidiens. À leur repas pourtant frugal ils ne touchent qu'avec parcimonie ; bien que chacun ait droit à une petite carafe de vin, beaucoup se refusent cette gâterie. Sans aucun doute, la plupart des hommes mangent beaucoup trop. Nos repas ne nous servent pas seulement à subsister, mais aussi à nous distraire joyeusement et naturellement de la peine de vivre. Pourtant, bien que l'excès puisse être douloureux, j'aurais cru que le régime trappiste était insuffisant. Et je suis frappé, quand j'y repense, par la fraîcheur des visages et la gaieté des manières de tous ceux que j'ai vus. Je crois que je n'ai jamais rencontré une compagnie de plus belle humeur ou en meilleure santé. De fait, sur ce haut plateau désert, avec l'incessante occupation des moines, la vie n'est qu'un bien incertain, et la mort une visiteuse fréquente, à Notre-Dame-des-Neiges. C'est du moins ce qu'on m'a dit. Mais s'ils meurent aisément, ils doivent vivre sainement en attendant, car ils semblaient tous fermes de chair et hauts en couleur, et le seul signe morbide que j'aie pu observer, un éclat inhabituel de l'œil, ne fait que renforcer l'impression globale de vigueur et de vivacité.

Ceux avec qui j'ai parlé étaient d'un tempérament remarquablement doux, accompagné de ce que je ne peux nommer qu'une sainte gaieté dans leur physionomie et leur conversation. Il existe une note destinée aux visiteurs qui recommande de ne pas s'offenser de la sécheresse de discours de ceux qui prennent soin d'eux, puisque les moines ont l'habitude de ne parler guère. On aurait pu se dispenser de cette note ; tous les hospitaliers, absolument tous, débordaient de paroles innocentes et, d'après mon expérience du monastère, il était plus facile d'engager une conversation que d'y mettre un terme. À l'exception du P. Michel, qui était homme du monde, ils se montraient pleins d'un intérêt aimable et sain pour toutes sortes de sujets, la politique, les voyages, mon sac de couchage, et cela non sans que le ton de leur voix n'exprime un certain plaisir.

Quant à ceux qui sont contraints au silence, je ne peux que me demander comment ils supportent leur isolement solennel et sans joie. Et pourtant, en dehors de tout désir de mortification, je distingue une certaine raison, non seulement dans l'exclusion des femmes, mais aussi dans ce vœu de silence. J'ai moi-même connu quelques phalanstères laïques, de caractère artistique, pour ne pas dire bachique, et j'ai vu plus d'une association se former aisément et se disperser plus aisément encore. Avec une règle cistercienne, peut-être auraient-elles duré plus longtemps. Dans le voisinage des femmes les hommes sans défense ne peuvent former qu'une bien fragile association. Le courant électrique le plus fort est sûr de triompher, les rêves de l'enfance et les projets de la jeunesse sont abandonnés au bout de dix minutes, les arts et les sciences, la mâle allégresse professionnelle, tout cela disparaît immédiatement pour deux beaux yeux et une voix caressante. La langue arrive en seconde position lorsqu'il s'agit de diviser les hommes.

J'ai presque honte de poursuivre cette critique profane d'une règle religieuse, mais il y a encore un point sur lequel l'ordre trappiste me paraît être un modèle de sagesse. À 2 heures du matin, le battant heurte la cloche, et ainsi de suite, d'heure en heure, parfois de quart d'heure en quart d'heure, jusqu'à 20 heures, heure du repos. La journée est divisée entre ses diverses occupations par unités infinitésimales. Celui qui s'occupe des lapins, par exemple, court toute la journée de ses clapiers à la chapelle, au chapitre ou au réfectoire : à chaque heure il a un office à chanter, une tâche à accomplir. De 2 heures, quand il se lève dans le noir, à 20 heures, quand il revient pour recevoir l'agréable don du sommeil, il est sur pied, occupé à de nombreux travaux variés. Je connais beaucoup de gens, au revenu annuel colossal, qui ne jouissent pas de la vie avec tant de bonheur. Il y a tant de maisons où le son de la cloche du monastère pourrait apporter la paix de l'esprit et la saine activité du corps, en divisant le jour en portions maîtrisables ! On dit la vie monastique pénible, mais rien n'est plus pénible que d'être un sinistre imbécile libre de gâcher sa vie par sa folie et sa stupidité.

De ce point de vue, nous pouvons peut-être mieux comprendre l'existence du moine. Un long noviciat et de nombreuses preuves de constance spirituelle et de force corporelle sont requis avant l'admission dans l'ordre, mais il ne m'a pas semblé que beaucoup étaient découragés. Dans l'atelier du photographe, qui figure si étrangement parmi les constructions annexes, mon œil fut attiré par le portrait d'un jeune homme en uniforme de fantassin. C'était l'un des novices, arrivé à l'âge du service, qui faisait l'exercice, marchait au pas et montait la garde pendant le temps imparti dans la garnison d'Alger. Voilà un homme qui avait certainement vu les deux côtés de la vie avant de prendre sa décision. Pourtant, dès qu'il fut libéré du service, il revint finir son noviciat.

Cette règle austère accorde à l'homme le paradis comme un droit. Quand un trappiste tombe malade, il ne quitte pas son habit. Il s'étend sur son lit de mort comme il a prié et travaillé tout au long de son existence frugale et silencieuse, et quand vient la délivrance, à cet instant précis, avant même qu'on l'ait transporté, toujours vêtu de sa robe, dans la chapelle où il reposera un dernier instant parmi les chants continuels, les cloches se mettent à sonner joyeusement, comme pour un mariage, dans le beffroi couvert d'ardoise, et proclament à tout le voisinage qu'une âme de plus a rejoint le Seigneur.

La nuit, sous la conduite de mon aimable Irlandais, je pris place dans la galerie pour entendre les complies et le *Salve Regina*, par lesquels les cisterciens mènent chaque journée à son terme. Il n'y avait là rien de cette pompe romaine où les protestants ne voient qu'enfantillage et ostentation, mais une simplicité austère, rehaussée par le pittoresque du décor, qui parlait droit au cœur. Je me rappelle la chapelle blanchie à la chaux, les silhouettes encapuchonnées dans le chœur, les lumières tantôt cachées, tantôt révélées, le chant mâle et puissant, le silence qui suivit, les têtes couvertes et penchées, en prière, puis le tintement clair et tranchant de la cloche, dont l'irruption marquait la fin du dernier office et la venue de l'heure du sommeil. Quand je me souviens de tout cela, je ne m'étonne pas de m'être enfui dans la cour l'esprit plein de fantaisies tourbillonnantes. Je restai debout en plein vent, comme stupéfait, sous le ciel étoilé.

Mais j'étais fatigué, et quand j'eus apaisé mes esprits par la lecture peu palpitante des mémoires d'Elizabeth Seton, le froid et le délire du vent entre les pins (car ma chambre était située du côté proche des bois) me disposèrent promptement au sommeil. Le premier coup du battant sur la cloche me réveilla alors qu'il faisait nuit noire. Je crus qu'il était minuit, alors qu'il était en réalité 2 heures du matin. Tous les moines se pressaient vers la chapelle ; les morts vivants, à cette heure indue, commençaient déjà le labeur ingrat de leur journée. Les morts vivants – c'était une pensée bien lugubre. Me revinrent alors en mémoire les paroles d'une chanson française qui parle de ce que notre vie si inégale a de meilleur à nous offrir :

Que t'as de belles filles,
Giroflé !
Girofla !
Que t'as de belles filles,
L'Amour les comptera !*

Et je remerciai Dieu d'être libre de voyager, libre d'espérer et libre d'aimer.

LES PENSIONNAIRES

Mais je dois parler d'un autre aspect de mon séjour à Notre-Dame-des-Neiges. En cette fin de saison, il n'y avait plus beaucoup de pensionnaires ; je n'étais pourtant pas seul dans l'espace public du monastère. Ce bâtiment se trouve tout près de la porte d'entrée, il comporte une petite salle à manger au rez-de-chaussée et un long couloir bordé de cellules semblables à la mienne, à l'étage. J'ai stupidement oublié le montant de la pension d'un *retraitant** ordinaire, mais c'était entre trois et cinq francs par jour, et plus près de trois que de cinq, je pense. Les visiteurs occasionnels comme moi pouvaient donner ce qu'ils voulaient comme don volontaire, mais on ne leur demandait rien. Je peux dire que lorsque je partis, le P. Michel refusa vingt francs, somme jugée excessive. Je lui expliquai par quel raisonnement j'en étais arrivé à lui proposer autant, mais même alors, par un curieux point d'honneur, il ne voulait pas l'accepter de sa propre main. « Je n'ai pas le droit de refuser pour le monastère, expliqua-t-il, mais j'aimerais mieux que vous donniez cet argent à l'un des frères. »

J'avais dîné seul, parce que j'étais arrivé tard, mais pour le souper je fus rejoint par deux autres visiteurs. L'un était un curé de campagne qui était venu à pied de sa cure près de Mende ce matin-là, pour goûter quatre jours de solitude et de prière. Pour sa personne, on eût dit un grenadier, avec le teint hâlé et les rides circulaires d'un paysan ; et comme il se plaignait beaucoup d'avoir été gêné dans sa marche par sa robe, j'ai présent à l'esprit un portrait imaginaire où je me le représente arpentant les arides collines du Gévaudan, droit, ossu, et la soutane retroussée. L'autre était un petit homme trapu, grisonnant, d'entre quarante-cinq et cinquante ans, vêtu de tweed avec un gilet de tricot, et le ruban rouge d'une décoration à la boutonnière. Cet individu était difficile à classer. C'était un ancien soldat, qui avait fait du service et s'était élevé jusqu'au rang de commandant, et il gardait un peu des manières brusques et catégoriques du camp. Dès que sa démission avait été acceptée, il était venu à Notre-Dame-des-Neiges comme pensionnaire et, après une brève expérience du lieu, avait décidé de rester en tant que novice. Cette vie nouvelle commençait déjà à modifier son apparence. Il avait déjà en partie acquis l'air tranquille et souriant des frères ; il n'était plus officier et pas encore trappiste, mais il y avait en lui un peu des deux. C'était assurément une situation bien intéressante. Sorti du bruit des canons et des trompettes, il était en train de gagner ce pays paisible qui borde la tombe, où les hommes dorment la nuit vêtus de leur linceul et où, tels des fantômes, ils communiquent par signes.

Au souper, nous parlâmes politique. Je me fais un devoir, lorsque je suis en France, de prêcher la conciliation et la modération, et de citer longuement l'exemple de la Pologne, à la manière dont certains alarmistes en Angleterre citent l'exemple de Carthage. Le curé et le commandant m'assurèrent de leur approbation à tout ce que je disais, et poussèrent de lourds soupirs sur l'aigreur des sentiments politiques contemporains.

« Vraiment, si vous avez le malheur de dire quelque chose sur quoi votre interlocuteur n'est pas absolument d'accord, dis-je, il devient furieux et vous attaque aussitôt. »

Ils déclarèrent tous deux qu'un tel état de choses était antichrétien.

Tandis que nous nous accordions ainsi, ne voilà-t-il pas que ma langue fourche et se permet un mot flatteur pour la modération de Gambetta. Sur-le-champ, le visage du vieux soldat s'injecta de sang. Il se mit à frapper la table avec la paume de ses mains comme un enfant désobéissant.

« *Comment, monsieur* ? cria-t-il, *comment** ? Gambetta modéré ? Oserez-vous justifier vos paroles ? »

Mais le curé n'avait pas perdu de vue le sujet de notre conversation. Et soudain, en pleine rage, le vieux soldat sentit un regard d'avertissement se poser sur lui ; l'absurdité de son comportement lui apparut en un éclair, et l'orage cessa brusquement, sans un mot de plus.

Ce n'est que le lendemain matin (vendredi 27 septembre), autour du café, que mes deux compagnons découvrirent que j'étais un hérétique. Je suppose que je les avais induits en erreur en exprimant mon admiration pour la vie monastique qui nous entourait, et ce n'est que par une question posée de but en blanc que la vérité éclata. Le naïf P. Apollinaire et le rusé P. Michel m'avaient tous deux traité avec tolérance, et le bon diacre irlandais, apprenant ma faiblesse en matière de religion, s'était contenté de me mettre la main sur l'épaule et de dire : « Il faut devenir catholique et venir au paradis. » Mais je me trouvais à présent dans un cercle autrement orthodoxe. Ces deux hommes étaient aigris, intransigeants et étroits d'esprit, comme les derniers des Écossais, et en mon for intérieur, je pense même qu'ils étaient pires. Le curé renifla, bien fort, comme un cheval avant la bataille.

« *Et vous prétendez mourir dans cette espèce de croyance* ?* » me demanda-t-il ; et il n'existe pas sur cette terre de caractère d'imprimerie assez grand pour transcrire le ton de sa voix.

Je lui indiquai humblement que je n'avais nulle intention d'en changer.

Mais il ne pouvait pas me laisser dans une attitude aussi monstrueuse. « Non, non, cria-t-il, vous devez en changer. Vous êtes venu ici, Dieu vous a mené ici, et vous devez profiter de l'occasion. »

Je changeai de tactique ; j'en appelai à l'affection familiale, alors que je m'adressais à un curé et à un soldat, deux classes d'hommes que les circonstances privent des doux liens du foyer familial.

« Votre père et votre mère ? cria le curé. Très bien ; vous les convertirez à leur tour en rentrant chez vous. »

Je vois d'ici la tête de mon père ! J'aimerais mieux rendre visite au lion de Gétulie dans son repaire plutôt que de m'embarquer dans une semblable entreprise contre le théologien de la famille.

Mais la chasse était lancée ; le curé et le soldat se déchaînaient pour ma conversion, et c'est contre moi qu'opérait vaillamment l'Œuvre de la propagation de la foi, pour laquelle les habitants du Cheylard avaient souscrit quarante-huit francs et dix centimes en 1877. C'était une forme de prosélytisme étrange mais fort efficace. Ils ne cherchèrent jamais à me convaincre par des arguments, contre lesquels j'aurais pu tenter de me défendre. Ils considéraient comme évident que ma situation me faisait honte et me terrifiait, et ne me pressaient que sur une question de temps. C'était maintenant, disaient-ils, quand Dieu m'avait conduit à Notre-Dame-des-Neiges, que l'heure avait été fixée.

« Ne vous laissez pas retenir par une honte », remarqua le curé, pour m'encourager.

Pour quelqu'un qui éprouve le même sentiment envers toutes les sectes religieuses, et qui n'a jamais pu, ne serait-ce qu'un instant, prendre sérieusement en compte les mérites de telle ou telle croyance quant à l'éternité, même s'il est capable de louer ou de blâmer leurs aspects séculiers et temporels, la situation ainsi créée était à la fois injuste et pénible. Je commis ma seconde faute de tact, en essayant de plaider que finalement, c'était la même chose et que tous, par des moyens différents, nous nous approchions d'un même Père et Ami universellement généreux. Pour les esprits profanes, ce devrait être là le seul évangile digne de ce nom. Mais autant d'hommes, autant d'avis ; et cette aspiration révolutionnaire attira sur moi les foudres de la loi brandies par le curé. Il se lança dans une peinture de l'enfer épouvantablement détaillée. En s'appuyant sur l'autorité d'un petit livre qu'il venait de lire moins d'une semaine auparavant, et qu'il avait eu l'intention d'emmener avec lui dans sa poche, pour ajouter conviction sur conviction, il m'affirma que les damnés devraient rester dans la même position durant toute l'éternité au milieu de tortures atroces. Et durant son sermon, l'enthousiasme donna à sa physionomie un surcroît de noblesse.

Tous deux en arrivèrent à conclure que je devais essayer de trouver le prieur, puisque l'abbé n'était pas alors au monastère, et lui présenter immédiatement mon cas.

« *C'est mon conseil comme ancien militaire*, me fit observer le commandant ; *et celui de monsieur comme prêtre**.

— *Oui** », ajouta le *curé**, en hochant la tête d'un air sentencieux ; « *comme ancien militaire – et comme prêtre**. »

J'étais assez gêné quant à la réponse que je leur ferais, quand entra un moine, un petit bonhomme brun, vif comme une sauterelle, qui, avec son accent italien, se jeta aussitôt dans la dispute, mais dans une veine plus tempérée et plus persuasive, comme il convenait à l'un de ces plaisants frères. « Regardez-moi », dit-il. La règle était dure, il aurait tant aimé rester dans son pays natal, l'Italie, la belle Italie, dont les beautés sont bien connues ; mais il n'y a pas de trappistes en Italie, et il avait son âme à sauver, et c'est pourquoi il était là.

Je crains de n'être au fond qu'un « hédoniste invétéré » comme m'a surnommé un aimable critique indien, car cette description des motifs du moine me donna comme un choc. J'aurais préféré penser qu'il avait choisi cette vie pour elle-même, et non pour satisfaire une fin ultérieure ; cela montre combien j'étais loin de comprendre ces bons trappistes alors même que j'essayais de m'approcher d'eux en pensée. Mais pour le *curé** cet argument sembla décisif.

« Vous entendez ! s'écria-t-il. Et j'ai vu un marquis ici, un marquis, un marquis » – il prononça trois fois ce mot saint – « et d'autres personnes haut placées ; et des généraux. Et vous voyez à côté de vous ce monsieur, qui a passé tant d'années dans l'armée, il est décoré, c'est un vétéran. Et le voilà, prêt à se consacrer tout entier à Dieu. »

Je me trouvais alors dans un tel embarras que je pris prétexte d'avoir froid aux pieds pour m'échapper de la pièce. Un vent furieux soufflait ce matin-là, dans un ciel bien dégagé, avec de longs et efficaces intervalles de soleil, et j'errai jusqu'au dîner dans le pays sauvage, à l'est du monastère, cruellement fouetté et battu par la bise, mais récompensé par quelques points de vue étonnants.

Au dîner, l'Œuvre de la propagation de la foi recommença, et me fut à cette occasion encore plus désagréable. Le curé me posa quantité de questions sur la méprisable foi de mes pères, et reçut mes réponses avec une sorte de gloussement ecclésiastique.

« Votre secte, me dit-il, car vous admettrez, je pense, que ce serait lui faire trop d'honneur que de l'appeler une religion...

— Comme il vous plaira, monsieur, répliquai-je. *La parole est à vous**. »

Il finit par me pousser à bout ; et bien qu'il fût sur son propre terrain, et ce qui est plus à propos, bien que ce fût un vieil homme, qui avait donc droit à ma tolérance, je ne pus m'empêcher de protester contre un traitement si peu civil. Il fut fort décontenancé.

« Je vous assure, dit-il, que je n'ai dans mon cœur nulle intention de rire. Je n'ai d'autre sentiment que l'intérêt que m'inspire votre âme. »

Et notre conversation s'arrêta là. Le brave homme ! Ce n'était pas un fourbe dangereux, mais un curé de campagne, plein de zèle et de foi. Puisse-t-il longtemps parcourir le Gévaudan avec sa soutane retroussée, cet homme assez fort pour marcher et pour réconforter ses paroissiens au moment de la mort ! Je crois qu'il aurait courageusement affronté une tempête de neige pour se rendre où son devoir l'appelait ; et les croyants les plus fidèles ne font pas toujours les apôtres les plus subtils.

LE HAUT GÉVAUDAN

(suite)

On avait fait le lit et la chambre était prête,
À l'heure on alluma les étoiles discrètes,
Le ciel était serein, l'eau coulait abondante ;
Nul besoin de valet, nul besoin de servante,
Quand avec l'âne gris je parvins en ces lieux,
Vert caravansérail, auberge du bon Dieu.

Tiré d'une vieille pièce de théâtre.

À TRAVERS LE GOULET

Le vent tomba durant le dîner, et le ciel resta clair ; c'est donc sous de meilleurs auspices que je chargeai Modestine devant la porte du monastère. Mon ami irlandais m'accompagna un bout de chemin. En arrivant au bois, nous vîmes le P. Apollinaire qui poussait sa brouette. Il délaissa lui aussi ses travaux pour me suivre sur une centaine de mètres, en me tenant la main entre les deux siennes, devant sa poitrine. Je pris congé d'abord de l'un, puis de l'autre avec des regrets sincères, et pourtant avec la joie du voyageur qui secoue la poussière d'une étape avant de se hâter vers la suivante. Modestine et moi rentrâmes alors en Gévaudan en remontant le cours de l'Allier vers ses sources dans la forêt de Mercoire. Quand nous cessâmes de nous guider sur lui, ce n'était plus depuis longtemps qu'un ru dérisoire. De là, par-dessus une colline, notre route s'étendait à travers un plateau nu, jusqu'à Chasseradès que nous atteignîmes au coucher du soleil.

La compagnie rassemblée ce soir-là dans la cuisine de l'auberge ne comptait que des hommes qui faisaient des relevés pour l'un des chemins de fer en projet. Ils étaient intelligents, prêts à la conversation, et nous décidâmes l'avenir de la France en buvant du vin chaud, jusqu'au moment où la position effrayante des aiguilles de l'horloge nous contraignit au repos. Il y avait quatre lits dans la petite pièce à l'étage, et nous étions six à dormir. Mais j'eus un lit pour moi seul, et je les persuadai de laisser la fenêtre ouverte.

« *Hé, bourgeois ; il est 5 heures* !* » est le cri qui me réveilla le lendemain matin (samedi 28 septembre). La chambre était pleine d'une transparente obscurité, qui me laissait distinguer les trois autres lits et cinq bonnets de nuit différents sur les oreillers. Mais à la fenêtre l'aube formait une longue ceinture rougeoyante par-dessus les cimes, et le jour s'apprêtait à inonder le plateau. L'heure était enthousiasmante, et il y avait comme une promesse de temps calme, qui se réalisa parfaitement. Je me remis bientôt en route avec Modestine. La route s'étendait pendant un moment sur le plateau, avant de se précipiter à travers un village escarpé, dans la vallée du Chassezac. Cette rivière courait entre de vertes prairies, soigneusement cachée du monde par ses berges abruptes. Les genêts étaient en fleurs, et çà et là un hameau faisait monter sa fumée dans le ciel.

Le chemin passait finalement le Chassezac sur un pont et, abandonnant les gorges profondes, se mettait à traverser la montagne du Goulet. Il serpentait à travers L'Estampe, à travers des champs en altitude, des bois de hêtres et de bouleaux, et à chaque détour me faisait découvrir quelque nouveau site. Déjà dans le ravin du Chassezac mon oreille avait été frappée par un bruit semblable au tintement d'un gros bourdon situé à plusieurs kilomètres, mais tandis que je continuais à monter et à m'en approcher, le bruit semblait changer de caractère, et je trouvai finalement qu'il venait de quelqu'un qui menait son troupeau aux champs au son d'un cor rustique. L'étroite rue de L'Estampe était pleine de moutons d'un mur à l'autre, de moutons noirs et blancs, bêlant à l'unisson comme les oiseaux au printemps, chacun s'accompagnant de la cloche suspendue à son cou. Cela formait un concert pathétique, tout en notes aiguës.

Un peu plus haut, je vis deux hommes dans un arbre, munis de serpes, dont l'un fredonnait une *bourrée**. Encore un peu plus loin, quand je me faufilais à travers les bouleaux, le chant joyeux des coqs me parvint aux oreilles, et avec lui la voix d'une flûte qui se répandait en un air plaintif, venu de l'un des villages d'en haut. Je me représentai quelque maître d'école campagnard, aux cheveux gris et aux joues rondes comme des pommes, dans son petit bout de jardin, sous le clair soleil d'automne. Tous ces sons, si beaux et intéressants, me remplissaient le cœur d'un vague désir inaccoutumé, et il me semblait qu'une fois passé cette chaîne que je gravissais, j'allais descendre dans le jardin du monde. Et je ne fus pas trompé, car j'en avais fini des pluies, du vent et des contrées désertes. C'est là que prit fin la première partie de mon voyage ; l'autre, la plus belle, semblait annoncée par cette douce harmonie.

De même qu'il existe plus d'un châtiment outre la peine capitale, il existe plusieurs degrés dans la folie ; ma bonne humeur m'entraîna alors dans une aventure que je relate dans l'intérêt des âniers à venir. La route parcourait la colline en lacets si larges que je choisis un raccourci d'après la carte et la boussole, et pris à travers les arbres rabougris pour rejoindre la route plus bas. Ce fut l'occasion de mon unique conflit sérieux avec Modestine. Elle ne voulait pas entendre parler de mon raccourci. Elle rebroussait chemin, ruait, se cabrait. Elle, que je croyais jusque-là muette, se mit à braire en déployant une voix rauque et forte, comme un coq qui salue l'aurore. D'une main je maniais l'aiguillon, de l'autre je devais maintenir le paquetage, si abrupte était la descente. Une demi-douzaine de fois elle faillit se renverser sur moi ; une demi-douzaine de fois, par simple lassitude d'esprit, je faillis abandonner, et la ramener sur la route. Mais je pris la chose comme un pari, et je luttai jusqu'au bout. Je fus surpris, en regagnant la route, par des gouttes de pluie froide qui me tombaient sur la main et, stupéfait, je regardai plus d'une fois le ciel sans nuages. Mais ce n'était que la sueur qui coulait de mon front.

Au sommet du Goulet il n'y avait plus de route marquée, seulement des pierres dressées à intervalles réguliers pour guider les bergers. Sous mes pieds l'herbe était souple et parfumée. Je n'avais d'autre compagnie que quelques rossignols, et je ne rencontrai qu'un char à bœufs entre L'Estampe et Le Bleymard. Devant moi j'aperçus une vallée peu profonde et, au-delà, la chaîne du Lozère, chichement boisée et aux flancs assez bien modelés, mais droite et morne dans son tracé. Il n'y avait guère de signes de civilisation. Ce n'est qu'à l'approche du Bleymard que la grand-route blanche de Villefort à Mende traversait une série de prairies plantées de peupliers pointus, et que résonnaient de part et d'autre les cloches des troupeaux.

UNE NUIT PARMI LES PINS

Après le dîner, bien qu'il fût déjà tard, je partis du Bleymard pour escalader une partie du Lozère. Un chemin à bestiaux pierreux et mal indiqué me guida, et je croisai presque une demi-douzaine de chars à bœufs qui descendaient des bois, chacun chargé d'un pin entier pour se chauffer l'hiver. Au sommet des bois, qui ne grimpent pas très haut sur ces collines froides, je m'enfonçai à gauche dans un chemin entre les pins, jusqu'à un petit vallon d'herbe verte où un ruisselet jaillissait par-dessus les pierres pour me servir de robinet.

Nymphes et faunes jamais n'ont hanté
Bois plus sacré ni bosquet mieux caché.

Les arbres n'étaient pas vieux, mais poussaient dru autour de la clairière : aucune perspective ne s'ouvrait, sauf au nord-est, par-dessus des cimes lointaines, ou au-dessus, vers le ciel. Le campement semblait sûr et privé comme une chambre. Quand j'eus fini mon installation et nourri Modestine, le jour commençait déjà à décliner. Je me bouclai jusqu'aux genoux dans mon sac et je soupai avec appétit. Dès que le soleil se coucha, je baissai ma casquette sur mes yeux et je m'endormis.

Sous un toit, la nuit est une période morte, monotone, mais en plein air, elle passe légèrement, avec ses étoiles, ses rosées et ses parfums, et les heures sont marquées par les changements dans le visage de la Nature. Ce qui paraît être une mort momentanée pour ceux qu'étouffent murs et rideaux, n'est qu'un léger sommeil vivant pour qui dort à la belle étoile. Toute la nuit durant, il entend la Nature respirer librement et profondément. Même quand elle est au repos, elle se retourne et sourit, et il est une heure exaltante inconnue de ceux qui vivent sous un toit, lorsqu'une influence ennemie du sommeil se répand sur l'hémisphère endormi, et que toutes les créatures sont debout. C'est alors que le coq chante pour la première fois, non pour annoncer l'aurore, mais comme un joyeux veilleur qui presse le cours de la nuit. Les troupeaux s'éveillent dans les prés, les moutons rompent leur jeûne sur les coteaux humides de rosée, et gagnent un nouveau pâturage parmi les fougères, et les hommes vagabonds, qui se sont couchés avec les oiseaux, ouvrent leurs yeux ensommeillés et contemplent la beauté de la nuit.

Par quel appel inaudible, par quelle caresse de la Nature tous ces dormeurs sont-ils ainsi à la même heure réveillés à la vie ? Tombe-t-il des étoiles une telle influence, ou partageons-nous quelque frisson de notre mère la terre, sous nos corps au repos ? Même les bergers et les vieux paysans, qui connaissent le mieux ces secrets, ignorent tout des moyens ou du but de cette résurrection nocturne. C'est vers 2 heures du matin que la chose a lieu, selon eux ; ils n'en savent pas davantage, et ne cherchent pas plus loin. Du moins est-ce un événement plaisant. Nous sommes dérangés dans notre sommeil, comme le voluptueux Montaigne, seulement « afin que nous puissions mieux et plus raisonnablement le goûter ». Un moment nous est offert pour regarder les étoiles. Et notre esprit prend un plaisir particulier à la pensée que nous partageons cet élan avec tous les êtres qui nous entourent, que nous nous sommes échappés de la Bastille de la civilisation et sommes devenus, pour un instant, un simple animal sans malice et une brebis du troupeau de la Nature.

Quand cette heure vint à moi parmi les pins, je m'éveillai assoiffé. Ma gourde était à côté de moi, à demi remplie d'eau. Je la vidai d'une traite ; et comme je me sentais tout à fait réveillé après cette froide aspersion interne, je me redressai pour me rouler une cigarette. Les étoiles étaient claires et colorées comme des joyaux, mais sans annoncer la gelée. Une légère vapeur argentée tenait lieu de Voie lactée. Tout autour de moi les cimes noires des sapins se dressaient immobiles. Grâce à la blancheur du bât, je pus repérer Modestine qui tournait en rond au bout de sa corde. Je l'entendais mâcher assidûment le gazon, mais il n'y avait pas un autre son, à part l'indescriptible et doux murmure du ruisseau sur les pierres. Je fumai, paresseusement étendu, en étudiant la couleur du ciel, comme nous appelons cet espace vide, du gris rougeâtre visible derrière les pins au bleu sombre luisant entre les étoiles. Comme pour mieux ressembler encore à un colporteur, je porte un anneau d'argent. Je le voyais briller vaguement tandis que je levais ou baissais ma cigarette, et à chaque bouffée ma paume était illuminée, et devenait une seconde la plus forte lumière du paysage.

Un petit vent, plus une fraîcheur passagère qu'un courant d'air, traversait la clairière de temps en temps, de sorte que même dans ma vaste chambre l'air fut renouvelé toute la nuit. Je songeai avec horreur à l'auberge de Chasseradès et à l'assemblée des bonnets de nuit, avec horreur aux prouesses nocturnes des employés et des étudiants, aux théâtres surchauffés, aux passe-partout et aux cham… confinées. Je me suis rarement senti autant mon propre maître, jamais je ne me suis senti plus indépendant des aides matérielles. Le monde extérieur, dont nous nous protégeons dans nos maisons, semblait après tout un lieu charmant et habitable. Nuit après nuit, un lit est fait et nous attend dans les champs, où Dieu tient chambre ouverte. Je pensai avoir redécouvert l'une de ces vérités qui sont révélées aux sauvages et cachées aux économistes politiques. Du moins avais-je découvert un plaisir nouveau pour moi. Pourtant, alors même que j'exultais dans ma solitude, je pris conscience d'un étrange manque. J'aurais voulu une compagne couchée près de moi à la lueur des étoiles, silencieuse et immobile, mais toujours à portée de main. Car il est une compagnie plus tranquille même que la solitude, et qui, bien comprise, est la solitude rendue parfaite. Et vivre à la belle étoile avec la femme qu'on aime est de toutes les vies la plus complète et la plus libre.

Alors que j'étais ainsi couché, entre le contentement et l'insatisfaction, un petit bruit me parvint à travers les pins. Je pensai d'abord que c'était le chant du coq ou l'aboiement d'un chien dans quelque ferme très éloignée. Lentement mais sûrement, cela prit forme dans mes oreilles, et je finis par comprendre qu'un voyageur passait sur la grand-route de la vallée, et chantait à tue-tête chemin faisant. Il y avait plus de bonne volonté que de grâce dans sa prestation, mais il modulait à pleins poumons, et le son de sa voix s'emparait du coteau en faisant trembler l'air dans les vallons feuillus. J'ai entendu des gens passer la nuit dans des villes endormies ; certains chantaient, il y en a même un, je me souviens, qui jouait de la cornemuse bien fort. J'ai entendu le roulement d'une charrette ou d'une voiture surgir soudain après des heures de calme et résonner à mes oreilles pendant quelques minutes quand j'étais au lit. Ces voyageurs des heures noires ont je ne sais quoi de romantique, et nous essayons, tout excités, de deviner ce qui les anime. Mais ici la chose était doublement romantique : d'abord ce joyeux vagabond, éclairé intérieurement par le vin, qui lançait sa voix sur la musique à travers la nuit, et ensuite moi, d'autre part, bouclé dans mon sac, fumant seul dans la pinède, à quatre ou cinq mille pieds vers les étoiles.

Quand je me réveillai (dimanche 29 septembre), la plupart des étoiles avaient disparu ; seules les plus puissantes compagnes de la nuit brûlaient encore dans le ciel. Plus loin, à l'est, je voyais une vague brume lumineuse à l'horizon, telle qu'avait été la Voie lactée quand je m'étais éveillé en pleine nuit. Le jour approchait. J'allumai ma lanterne, et à sa lumière de ver luisant, je mis mes bottines et mes guêtres, puis je brisai un peu de pain pour Modestine, je remplis ma gourde au « robinet », et j'allumai ma lampe à alcool pour me faire bouillir un peu de chocolat. L'obscurité bleue s'étendait dans la clairière où j'avais si doucement sommeillé ; mais bientôt une large raie orange commença à se fondre en or le long des cimes du Vivarais. Une joie solennelle s'empara de mon esprit devant cette superbe venue progressive du jour. J'entendis le ruisseau avec ravissement. Je cherchais des yeux un spectacle sublime et inattendu mais les pins noirs et inertes, la clairière en creux, l'âne mâchonnant, tout avait conservé son aspect habituel. Rien n'avait changé que la lumière, qui versait par-dessus tout un esprit de vie et de paix, et suscitait en moi cet étrange enthousiasme.

Je bus mon chocolat à l'eau, qui était chaud à défaut d'être onctueux, et je déambulai çà et là dans le vallon. Tandis que je m'attardais ainsi, une vigoureuse rafale, longue comme un lourd soupir, s'abattit directement en provenance du levant. Elle était froide, et me fit éternuer. Près de moi, les arbres agitèrent leurs noirs plumets sur son passage, et je vis les lointaines pointes des pins sur le bord de la colline rocheuse se balancer de droite à gauche contre l'orient doré. Dix minutes après, le soleil se répandit au galop contre le flanc de la colline, éparpillant ombres et scintillements ; le jour était complètement arrivé.

Je me dépêchai de préparer mon paquetage, et de m'attaquer à l'ascension raide qui m'attendait, mais j'avais l'esprit préoccupé. Ce n'était qu'une idée folle, mais ce genre d'idée est parfois bien importun. J'avais été très hospitalièrement reçu et ponctuellement servi dans mon vert caravansérail. La chambre était aérée, l'eau excellente, et l'aube m'avait réveillé à l'heure juste. Je ne dis rien des tapisseries ou de l'inimitable plafond, ni de la vue que j'avais de mes fenêtres, mais je me sentais redevable à quelqu'un pour tout ce généreux hébergement. Et il me plut en partant de laisser, en plaisantant à moitié, quelques pièces de monnaie sur le gazon, assez pour payer le logement de cette nuit. J'ose espérer qu'elles ne sont pas tombées entre les mains de quelque bouvier repu et grossier.

LE PAYS DES CAMISARDS

Nous parcourions alors les lieux des vieilles guerres ;
Pourtant la terre verdoyait,
Et nous trouvions amour et paix
Où firent rage les combats.
Ils passent, souriants, les enfants de la guerre,
Mais ils ne manient plus l'épée ;
Et comme il pousse dru, le blé,
Tout le long du champ de bataille !

W. P. BANNATYNE.

À TRAVERS LE LOZÈRE

Le sentier que j'avais suivi la veille disparut bientôt, et je poursuivis ma route sur le gazon en pente raide en me repérant grâce à un alignement de piliers semblables à ceux qui m'avaient guidé à travers Le Goulet. Il faisait déjà chaud. J'attachai ma veste au paquetage, et je cheminai en bras de chemise. Modestine elle-même était de fort bonne humeur, et se lança spontanément, pour la première fois à ma connaissance, dans un trot cahoté qui, à chaque secousse, envoyait les avoines danser dans la poche de mon manteau. Derrière moi, au nord du Gévaudan, la vue s'étendait à chaque pas ; à peine un arbre, à peine une maison au milieu des champs, dans ces coteaux sauvages qui couraient au nord, à l'est et à l'ouest, tout bleu et or dans les brumes et le soleil du matin. Une multitude de petits oiseaux passaient et gazouillaient sur mon chemin. Ils se perchaient sur les piliers de pierre, ils picoraient et se pavanaient sur l'herbe, et je les vis former de vastes cercles dans le ciel bleu, en montrant de temps à autre de translucides ailes voletant entre le soleil et moi.

Presque dès le premier instant de ma marche, mes oreilles avaient été remplies d'un bruit faible mais grave, comme une houle lointaine. J'étais tenté de croire parfois que c'était la voix d'une cascade voisine, parfois que c'était le résultat subjectif du silence complet de la colline. Mais tandis que j'avançais, le bruit augmenta, pour ressembler au sifflement d'une énorme bouilloire, et des bouffées d'air frais se mirent à descendre du sommet jusqu'à moi. Je finis par comprendre : le vent du sud se déchaînait en rafales sur l'autre versant du Lozère, et chaque pas m'en rapprochait.

Bien que l'ayant longtemps désiré, c'est de façon tout à fait inattendue que mes yeux s'élevèrent enfin au-dessus du sommet. Un pas qui ne semblait guère plus décisif que bien d'autres qui l'avaient précédé – et, « tel le vaillant Cortez lorsque, de son œil d'aigle, il vit le Pacifique », je pris possession, en mon nom, d'un nouveau quartier du monde. Au lieu du grossier rempart de gazon que j'escaladais depuis si longtemps, voici que se découvrait l'air brumeux du ciel, et un dédale de collines bleutées à mes pieds.

Le Lozère se déploie presque d'est en ouest, et coupe le Gévaudan en deux parties inégales. Son point culminant, ce pic de Finiels sur lequel je me trouvais, s'élève à mille sept cents mètres au-dessus de la mer, et par temps clair on peut voir tout le bas Languedoc jusqu'à la Méditerranée. J'ai parlé à des gens qui prétendaient ou croyaient avoir vu, du pic de Finiels, des voiles blanches voguant au large de Montpellier et de Sète. Au nord, les hauts plateaux que j'avais traversés, peuplés par une race obtuse, sans forêts, sans grandeur dans leur relief, autrefois célèbres pour leurs loups et guère pour autre chose. Mais devant moi, à demi voilé dans la brume de soleil, s'étendait un nouveau Gévaudan, riche, pittoresque, rendu illustre par des événements exaltants. On peut dire, au sens large, que j'étais déjà dans les Cévennes au Monastier et tout le long de mon trajet ; mais au sens strict et local, seule la région confuse et échevelée alors située à mes pieds méritait ce nom, et c'est ainsi que l'emploient les paysans. Ce sont les Cévennes par excellence : les Cévennes des Cévennes. Dans cet indéchiffrable labyrinthe de collines se déroula une guerre de bandits, une guerre de bêtes sauvages, qui opposait le Grand Monarque avec toutes ses troupes et ses maréchaux d'une part, et quelques milliers de montagnards protestants d'autre part. Il y a cent quatre-vingts ans, les camisards tenaient un poste jusque sur le Lozère, où je me trouvais. Ils avaient une organisation, des arsenaux, une hiérarchie militaire et religieuse. Leurs affaires remplissaient « la conversation de chaque café » à Londres, et l'Angleterre leur envoya en renfort une partie de sa flotte. Leurs chefs étaient prophètes et meurtriers. Avec leurs drapeaux et leurs tambours, en chantant de vieux psaumes français, leurs bandes se montraient parfois en plein jour, marchaient sur les villes fortifiées et dispersaient les généraux du roi, et parfois, la nuit, ou masqués, ils s'emparaient de châteaux forts, et vengeaient les trahisons de leurs alliés et la cruauté de leurs ennemis. C'est là, il y a cent quatre-vingts ans, qu'on vit le chevaleresque Roland, « le comte et seigneur Roland, généralissime des protestants de France », homme grave, silencieux, impérieux, ancien dragon marqué par la vérole, qu'une dame suivait par amour dans toutes ses errances. Là, Cavalier, apprenti boulanger doté d'un certain génie pour la guerre, élu brigadier des camisards à dix-sept ans, pour mourir à cinquante-cinq ans gouverneur anglais de Jersey. Là encore, Castanet, chef partisan surmonté d'une volumineuse perruque, qui avait le goût des théologies controversées. Étranges généraux, qui se retiraient pour prendre conseil auprès du dieu des Armées, qui allaient au-devant du combat ou le fuyaient, installaient des sentinelles ou dormaient dans un camp non gardé, selon ce que l'Esprit murmurait dans leurs cœurs ! C'est là, pour suivre ces meneurs-là ou d'autres, que s'assemblèrent en masse les prophètes et les disciples, audacieux, patients, infatigables, prêts à courir les montagnes, égayant leur rude vie par des psaumes, ardents au combat, ardents à la prière, écoutant dévotement les oracles d'enfants au cerveau dérangé, et ajoutant un grain de blé mystique aux balles d'étain dont ils chargeaient leurs mousquets.

J'avais jusqu'alors traversé un morne pays, et la seule célébrité dont je pouvais marcher sur les traces était la Bête du Gévaudan dévoreuse d'enfants, le Napoléon Bonaparte des loups. Mais j'allais à présent descendre dans le décor d'un chapitre romantique, ou plutôt d'une notule romantique, dans l'histoire du monde. Que restait-il de cette poussière et de cet héroïsme de jadis ? On m'avait dit que le protestantisme survivait dans ce siège central de la résistance huguenote ; c'est ce que j'avais appris du curé, dans le parloir du monastère. Mais j'ignorais encore s'il s'agissait d'une simple survivance, ou d'une tradition vivante et généreuse. Une fois de plus, si les Cévenols du Nord sont bornés dans leurs jugements religieux, et plus emplis de zèle que de charité, à quoi devais-je m'attendre en cette terre de persécution et de représailles, où la tyrannie de l'Église avait produit la rébellion camisarde, et où la terreur des camisards avait jeté les paysans catholiques dans la révolte légalisée, de sorte que camisards et Florentins s'embusquaient dans les montagnes pour s'entre-tuer ?

Sur le sommet de la colline, où je m'étais arrêté pour regarder devant moi, la série de piliers de pierre s'interrompit brusquement. Un peu plus bas seulement apparaissait une sorte de sentier qui descendait en une pente à se rompre le cou, et serpentait comme un tire-bouchon. Il menait à une vallée située entre des montagnes en cours d'éboulement, hérissées de rochers comme autant de chaumes dans un champ moissonné, où s'étageaient en contrebas les prairies vertes. Je suivis le sentier avec précipitation. La raideur de la pente, les continuels lacets déliés de la descente et le vieil espoir, jamais éteint, de trouver du neuf dans un pays neuf, tout conspirait à me donner des ailes. Encore un peu plus bas naissait un ruisseau, formé par la réunion de nombreuses sources pour bientôt réjouir les collines par son babil. Il traversait parfois le sentier en une petite cascade, avec une mare où Modestine se rafraîchissait les sabots.

Toute la descente est pour moi comme un rêve, tant elle fut accomplie rapidement. À peine avais-je quitté le sommet que la vallée se refermait autour de mon chemin, et que le soleil pesait sur moi, dans l'atmosphère stagnante des basses terres. Le sentier devint une route aux larges lacets. Je passai cabane après cabane, mais toutes semblaient désertes. Je ne vis pas âme qui vive, et je n'entendis aucun autre son que celui du ruisseau. J'étais pourtant dans une région différente de celle de la veille. Le rocheux squelette du monde était ici vigoureusement exposé au soleil et à l'air. Les pentes étaient abruptes et changeantes. Les chênes s'accrochaient aux collines, robustes, riches de feuilles et touchés par l'automne de couleurs vives et lumineuses. Ici et là, à droite et à gauche, un ruisseau descendait une gorge pleine d'un tumulte de rocs blancs comme neige. Au fond, la rivière (car le ruisseau devenait vite une rivière, en rassemblant tous ses bras alors qu'il poursuivait son chemin au petit trot) écumait un moment en rapides désespérés, avant de s'étendre en bassins d'un vert de mer enchanteur, mêlé d'un brun aqueux. Dans mes voyages les plus lointains, jamais je n'ai vu rivière d'une teinte si changeante et si délicate. Le cristal n'était pas plus clair, les prairies de moitié aussi vertes, et à chaque bassin je frissonnais, parcouru du désir de quitter mes vêtements chauds, poussiéreux et lourdement matériels pour baigner mon corps nu dans l'air et l'eau de la montagne. Tout au long de ma progression, je n'oubliai pas que c'était dimanche ; le silence me le rappelait sans cesse, et j'entendais dans ma tête les cloches résonner à travers toute l'Europe, et les psaumes de mille églises.

Enfin un son humain heurta mon oreille, un cri étrangement modulé, entre le pathétique et le ridicule. En regardant à travers la vallée, je vis un marmot assis dans un pré, les mains sur les genoux, que la distance réduisait à une taille minuscule, presque comique. Mais le vaurien m'avait repéré tandis que je descendais la route, menant Modestine d'un chêne à l'autre, et il me fit les honneurs de ce nouveau pays par ce salut de trémolos aigus. Et comme tous les bruits sont beaux et naturels, perçus à une distance suffisante, même ce cri, venu à travers tant d'air pur, de l'autre côté de la verte vallée, sonna plaisamment à mon oreille et me sembla chose rustique comme les chênes ou la rivière.

Peu après, la rivière que je suivais se jetait dans le Tarn au Pont-de-Montvert, lieu de sanglante mémoire.

LE PONT-DE-MONTVERT

L'une des premières choses que je vis au Pont-de-Montvert fut, si je me rappelle bien, le temple protestant. Ce n'était qu'un échantillon de bien d'autres nouveautés. Une atmosphère subtile distingue une ville anglaise d'une ville française, ou même écossaise. À Carlisle on voit qu'on est dans une région ; à Dumfries, à quarante-cinq kilomètres de là, on est sûr d'être dans une autre contrée. Je serais bien en peine de dire en quoi Le Pont-de-Montvert diffère du Monastier ou de Langogne, ou même du Bleymard, mais la différence existe, et frappait l'œil de façon éloquente. Le village, avec ses maisons, ses rues, sa rivière étincelante, présentait un indescriptible air méridional.

Dans les rues et dans la taverne, partout régnait l'agitation du dimanche, tandis que dans les montagnes avait régné le calme dominical. Nous devions bien être vingt pour dîner, ce matin-là, à 11 heures. Après avoir mangé et bu, je m'assis pour rédiger mon journal, mais je suppose qu'une vingtaine d'autres arrivèrent encore l'un après l'autre, ou par groupes de deux ou trois. En franchissant le Lozère, je n'étais pas seulement arrivé dans un milieu naturel différent, mais j'étais passé dans le territoire d'une autre race. Ces gens, tout en expédiant leur nourr de complexes moulinets de leurs couteaux tionnaient et me répondaient avec un degré d ligence qui dépassait tout ce que j'avais rencontré, excepté parmi les gens des chemins de fer à Chasseradès. Leur visage était ouvert et franc, ils étaient vifs en paroles comme en manières. Non seulement ils entraient complètement dans l'esprit de mon petit voyage, mais plus d'un déclara que, s'il était assez riche, il se lancerait dans un périple semblable.

Même physiquement un plaisant changement s'était opéré. Je n'avais pas vu une belle femme depuis que j'avais quitté Le Monastier, où du reste il n'y en avait qu'une. À présent, des trois qui étaient à table avec moi, l'une n'était assurément pas belle. C'était une petite chose timide de quarante ans, tout effarouchée par cette *table d'hôte** rugissante, que je pris sous ma protection, à qui je versai du vin, à la santé de laquelle je bus et que j'essayai généralement d'encourager, avec un effet radicalement opposé. Mais les deux autres, toutes deux mariées, étaient l'une et l'autre plus belles que la moyenne des femmes. Et Clarisse ? Que dirai-je de Clarisse ? Elle servait à table avec une lourde nonchalance placide comme une vache savante. Ses grands yeux gris baignaient dans une langueur amoureuse. Ses traits, quoique épais, étaient d'un dessin net et original, sa bouche avait une moue, sa joue, des lignes curieuses et intéressantes. Ses narines reflétaient une noble fierté. C'était un visage capable de forte émotion et qui offrait, avec un peu d'entraînement, la promesse de sentiments délicats. Il semblait dommage de laisser un si bon modèle à des admirateurs et des esprits campagnards. La beauté devrait au moins avoir connu le monde ; là, en un instant, elle se dégage de ce qui pesait sur elle, prend conscience de sa propre existence, revêt une élégance, apprend une démarche et un port de tête, et en un instant, *patet dea*. Avant de partir, j'assurai Clarisse de mon admiration sincère. Elle la reçut sans gêne ni étonnement, comme allant de soi, en se contentant de me fixer de ses grands yeux, et j'avoue que ce regard créa en moi une certaine confusion. Si Clarisse lisait l'anglais, je n'oserais ajouter que sa silhouette était indigne de son visage. Elle aurait dû porter un corset, mais cela s'arrangera peut-être, l'âge venant.

Le Pont-de-Montvert, « Greenhill Bridge », comme nous dirions chez nous, est un lieu mémorable dans l'histoire des camisards. C'est ici que la guerre éclata, ici que ces « Covenantaires » du Sud tuèrent leur archevêque Sharpe. La persécution d'un côté, l'enthousiasme fébrile de l'autre, sont presque également difficiles à comprendre en notre paisible époque moderne, avec nos faciles croyances et incroyances modernes. Le zèle et l'affliction avaient rendu fous tous les protestants sans exception. Ils étaient tous prophètes et prophétesses. Les enfants à la mamelle exhortaient leurs parents aux bonnes œuvres. « À Quissac, un enfant de quinze mois parla dans les bras de sa mère, tout agité par les sanglots, distinctement et d'une voix forte. » Le maréchal Villars a vu une ville où toutes les femmes « semblaient possédées du démon », avaient des crises de convulsions, et émettaient des prophéties en public, dans les rues. Une prophétesse du Vivarais fut pendue à Montpellier parce que le sang coulait de son nez et de ses yeux, et pour avoir déclaré qu'elle pleurait des larmes de sang sur les malheurs des protestants. Et ce n'étaient pas seulement les femmes et les enfants. De dangereux et robustes gaillards, habitués à jouer de la faucille ou à manier la hache, étaient identiquement ébranlés par d'étranges paroxysmes, et lançaient des oracles en hoquetant, le visage parcouru de larmes. Une persécution d'une violence insurpassée durait depuis une vingtaine d'années, et c'en était le résultat sur les persécutés. C'est en vain qu'on les avait pendus, brûlés, brisés sur la roue. Les dragons avaient laissé l'empreinte des sabots de leurs chevaux partout dans la campagne, des hommes ramaient dans les galères, des femmes languissaient dans les prisons de l'Église, et pas une pensée n'avait changé dans le cœur de tout bon protestant.

Or la tête et l'avant-garde de la persécution, après Lamoignon de Bavile, François de Langlade du Chayla (prononcez Chéïla), archiprêtre des Cévennes et inspecteur des missions dans la même région, avait une maison où il résidait parfois dans la ville du Pont-de-Montvert. C'était un homme consciencieux, dont la nature voulait probablement faire un pirate, et qui avait alors cinquante-cinq ans, âge où un homme a appris toute la modération dont il est capable. Dans sa jeunesse, il avait été missionnaire en Chine. Il y avait subi le martyre, avait été laissé pour mort, et ne devait la vie qu'à la charité d'un paria qui l'avait ranimé et secouru. Il faut croire que le paria était dénué de clairvoyance, et n'avait pas agi par méchanceté délibérée. On pourrait s'attendre qu'une telle expérience ait guéri un homme du désir de persécuter, mais l'esprit humain est une chose bien curieusement agencée. Après avoir été martyr chrétien, du Chayla devint persécuteur chrétien. L'Œuvre de la propagation de la foi fut menée rondement entre ses mains. Il utilisa sa maison du Pont-de-Montvert comme prison. Il attachait les mains des prisonniers sur des charbons ardents, leur arrachait les poils de la barbe, pour les convaincre qu'ils erraient dans leurs opinions. N'avait-il pas pourtant testé et prouvé l'inefficacité de ces arguments charnels parmi les bouddhistes, en Chine ?

Non seulement la vie fut rendue insupportable dans le Languedoc, mais la fuite était rigoureusement interdite. Un certain Massip, muletier, familier des chemins de montagne, avait déjà guidé plusieurs troupes de fugitifs vers Genève, sains et saufs. C'est sur lui, ainsi que sur un autre convoi, composé surtout de femmes habillées en hommes, que du Chayla, en une heure pour lui funeste, mit la main. Le dimanche suivant eut lieu un conventicule de protestants dans les bois d'Altefage, sur le mont Bougés ; s'y montra un nommé Séguier, Esprit

Séguier, comme l'appelaient ses compagnons, cardeur de laine, homme grand, au visage sombre et édenté, mais plein de prophéties. Il déclara, au nom de Dieu, que le temps de la soumission était passé, et qu'ils devaient prendre les armes pour la délivrance de leurs frères et la destruction des prêtres.

La nuit suivante, le 24 juillet 1702, un bruit dérangea l'inspecteur des missions, dans sa prison du Pont-de-Montvert : une psalmodie chantée par un groupe d'hommes s'approchait peu à peu de la ville. Il était 10 heures du soir ; du Chayla avait autour de lui sa cour, prêtres, soldats et domestiques, douze ou quinze personnes au total ; et craignant alors l'insolence d'un conventicule sous ses fenêtres mêmes, il envoya ses soldats au rapport. Mais les psalmodistes étaient déjà à sa porte, cinquante hommes vigoureux, menés par Séguier l'inspiré, et respirant la mort. À leurs sommations, l'archiprêtre répondit en vieux persécuteur endurci, et ordonna à sa garnison de faire feu sur la foule. Un camisard (car, selon d'aucuns, c'est dans l'action de cette nuit-là qu'ils prirent ce nom) fut tué par cette rafale : ses camarades firent éclater la porte avec des hachettes et une poutre, envahirent le rez-de-chaussée et libérèrent les prisonniers. Comme ils en trouvèrent un dans les « ceps », sorte de « fille de l'éboueur » française de l'époque, leur furie redoubla contre du Chayla, et ils tentèrent, par des assauts répétés, de gagner les étages. Mais lui, de son côté, avait donné l'absolution à ses hommes, et ils tinrent bravement l'escalier.

« Enfants de Dieu, cria le prophète, armes bas ! Brûlons dans sa maison le prêtre et les satellites de Baal ! »

Le feu prit rapidement. Par une fenêtre, du Chayla et ses hommes descendirent dans le jardin, le long de draps noués. Certains s'enfuirent à travers la rivière, sous les balles des insurgés, mais l'archiprêtre tomba, se brisa la cuisse, et ne put que ramper à travers la haie. Alors qu'approchait son second martyre, à quoi pensait-il, ce pauvre homme, brave, stupide, détestable, qui avait fait son devoir résolument, selon ses lumières, dans les Cévennes comme en Chine ? Il trouva finalement un mot éloquent pour sa défense. Quand le toit s'effondra et que les flammes qui surgissaient découvrirent sa retraite, les camisards furieux vinrent le traîner sur la place publique de la ville, en l'appelant « damné » : « Si je suis damné, dit-il, voulez-vous vous damner aussi ? »

C'était enfin une bonne raison ; mais au cours de son inspectorat il en avait fourni nombre de plus fortes qui allaient toutes dans le sens contraire, et il devait maintenant les entendre. Un par un, Séguier d'abord, les camisards s'approchèrent et le poignardèrent. « Voilà, disaient-ils, pour mon père, expiré sous la roue ! Voilà pour mon frère, envoyé aux galères ! pour ma mère ou ma sœur emprisonnée dans vos maudits couvents. » Chacun donnait son coup et sa raison. Tous s'agenouillèrent et chantèrent des psaumes autour du corps jusqu'à l'aube. Au lever du jour, toujours en chantant, ils se mirent en marche vers Frugères, plus loin en remontant le Tarn, pour poursuivre l'œuvre de vengeance, laissant la prison de du Chayla en ruines et son corps percé de cinquante-deux blessures sur la place publique.

Ce fut l'œuvre d'une nuit sauvage, accompagnée par des psaumes, et il semble qu'un psaume résonnera toujours comme une menace dans cette ville sur le Tarn. Mais même en ce qui concerne Le Pont-de-Montvert, l'histoire ne s'achève pas avec le départ des camisards. La carrière de Séguier fut brève et sanglante. Deux autres prêtres et une famille entière à Ladevèze, du père aux domestiques, tombèrent sous sa main ou par ses ordres. Pourtant il ne fut en liberté qu'un jour ou deux, et constamment restreint par la présence des soldats. Finalement capturé par un célèbre soldat de fortune, le capitaine Poul, il parut, impassible, devant ses juges.

« Votre nom ? lui demandèrent-ils.

— Pierre Séguier.

— Pourquoi vous appelle-t-on Esprit ?

— Parce que l'Esprit de Dieu est avec moi.
— Votre domicile ?
— Au désert, et bientôt au ciel.
— N'avez-vous pas au moins remords de vos crimes ?
— Mon âme est un jardin plein d'ombrages et de fontaines. »

Au Pont-de-Montvert, le 12 août, on lui coupa la main droite, et il fut brûlé vif. Et son âme était comme un jardin ? Peut-être en allait-il de même de l'âme de du Chayla, le martyr chrétien. Et peut-être, si vous pouviez lire dans mon âme, ou si je pouvais lire dans la vôtre, notre calme paraîtrait-il à peine moins surprenant.

La maison de du Chayla existe encore, avec un toit neuf, près de l'un des ponts de la ville. Si vous êtes curieux, vous pouvez voir le jardin en terrasse où il se laissa choir.

DANS LA VALLÉE DU TARN

Une route neuve mène du Pont-de-Montvert à Florac par la vallée du Tarn. C'est un rebord lisse et sablonneux, qui court presque à mi-chemin entre le sommet des à-pics et la rivière au fond de la vallée. En suivant la route, je passais sans cesse d'une baie d'ombre à un promontoire de soleil d'après-midi. Ce site rappelait celui de Killiecrankie ; un goulet profond et sinueux, entre des collines, avec le Tarn tout en bas qui poussait de merveilleux rugissements rauques, et des sommets découpés qui se dressaient tout en haut, sous le soleil. Une étroite frange de frênes longeait les cimes, comme du lierre sur une ruine ; mais sur les pentes inférieures, jusque dans chaque vallée, avec fermeté, les châtaigniers d'Espagne, dont le feuillage forme une tente, tenaient tête au ciel. Certains étaient plantés, chacun sur sa propre terrasse pas plus grande qu'un lit. Certains, confiants en leurs racines, trouvaient la force de pousser, de prospérer, d'être droits et larges sur les pentes abruptes de la vallée. D'autres, là où la rivière avait une berge, s'alignaient en rangs, puissants comme des cèdres du Liban. Pourtant, même là où ils poussaient le plus dru, on ne pouvait voir en eux une forêt, mais une troupe d'individus robustes, et le dôme de chaque arbre se dressait, séparé et large, comme une petite colline, parmi les dômes de ses compagnons. Ils dégageaient un léger parfum suave qui imprégnait l'air de l'après-midi. L'automne avait posé ses teintes dorées ou ternies dans la verdure, et le soleil brillait si bien au travers du vaste feuillage en le réchauffant, que chaque châtaignier se détachait des autres, non en ombre, mais en lumière. Un humble dessinateur dut ici déposer son crayon, par désespoir.

Je regrette de ne pouvoir donner une idée de la vigueur de ces nobles arbres : comme ils dardent leurs rameaux tels des chênes, et laissent pendre des panaches de feuilles tels des saules, comme ils élèvent leurs droites colonnes flûtées tels les piliers d'une église, comme ils peuvent, tels les oliviers, du tronc le plus racorni faire naître de jeunes pousses lisses, et commencer une vie nouvelle sur les ruines de l'ancienne. C'est ainsi qu'ils participent du caractère de tant d'arbres divers, et même leur faîte piquant, vu de près, contre le ciel, a comme un air de palmier qui frappe l'imagination. Mais leur individualité, bien que composée de tant d'éléments, n'en est que plus riche et plus originale. Et contempler d'en haut ces monticules de feuillage, ou voir une bande de vieux châtaigniers irréductibles massés « comme éléphants en troupe » sur le contrefort d'une montagne, c'est atteindre une plus haute idée des pouvoirs qui sont dans la Nature.

Entre l'humeur lambine de Modestine et la beauté de la scène, nous ne fîmes guère de progrès de tout cet après-midi. Constatant finalement que le soleil, bien qu'encore loin de se coucher, commençait déjà à déserter l'étroite vallée du Tarn, je me mis à chercher un lieu où camper. Ce ne fut pas chose facile ;

les terrasses étaient trop étroites, et ailleurs, le sol était généralement trop en pente pour qu'un homme s'y couche. J'aurais passé toute la nuit à glisser, et me serais réveillé le matin, les pieds ou la tête dans la rivière.

Au bout d'un peu plus d'un kilomètre, je vis, à une vingtaine de mètres au-dessus de la route, un petit plateau assez large pour accueillir mon sac, et où le tronc d'un vieux châtaignier énorme servait de parapet. Avec des peines infinies, à coups de pied et d'aiguillon, j'y menai Modestine, et je me hâtai de la décharger. Il n'y avait place que pour moi sur le plateau, et je dus monter presque aussi haut à nouveau pour trouver un endroit où attacher l'âne. Je m'arrêtai sur un éboulis de pierre, sur une terrasse artificielle, qui n'avait pas en tout un mètre carré. Je l'attachai à un châtaignier, et après lui avoir donné du blé et du pain, et fait un tas de feuilles de châtaignier, dont je la trouvai friande, je redescendis vers mon propre campement.

L'endroit était désagréablement exposé. Une ou deux carrioles passèrent sur la route. Tant qu'il fit jour, je me cachai, en tout point comme un camisard pourchassé, derrière le vaste rempart de mon tronc de châtaignier car j'avais une peur panique d'être découvert et je craignais par-dessus tout la visite de farceurs nocturnes. Je vis en outre qu'il me faudrait me réveiller tôt car ces châtaigneraies avaient été le théâtre d'une grande industrie pas plus tard que le jour précédent. La pente était couverte de branches coupées, et çà et là un grand paquet de feuilles s'appuyait contre un tronc. Même les feuilles peuvent être utiles, et les paysans s'en servent l'hiver comme fourrage pour leurs bêtes. Je grignotai mon repas, tremblant de peur, à moitié couché pour me rendre invisible de la route ; et j'ose dire que je m'inquiétais tout autant que si j'eusse été un éclaireur de la bande à Joani sur le Lozère, ou de la bande à Salomon de l'autre côté du Tarn, en ces anciens temps de psaumes et de sang. Ou même peut-être davantage, car les camisards avaient une remarquable confiance en Dieu. Une histoire me revient en mémoire : un jour que le comte de Gévaudan chevauchait dans les bois avec un groupe de dragons, un notaire à ses côtés pour faire prêter le serment de fidélité dans tous les hameaux du pays, il entra dans une vallée dans les bois et trouva Cavalier et ses hommes à dîner, gaiement assis dans l'herbe, leurs chapeaux couronnés de guirlandes de buis, tandis qu'une quinzaine de femmes lavaient leur linge dans le cours d'eau. C'était comme une fête champêtre en 1703 ; à cette époque Antoine Watteau peignait des scènes semblables.

Ce campement-ci était bien différent de celui de la nuit précédente, dans les fraîches et silencieuses pinèdes. Il faisait chaud, étouffant même, dans la vallée. Le chant perçant des grenouilles, comme les trémolos d'un sifflet contenant un petit pois, montait des berges de la rivière avant le coucher du soleil. Alors que la nuit tombait, de légers frottements commencèrent à parcourir les feuilles mortes. De temps en temps un vague gazouillis tombait dans mon oreille, et de temps en temps je croyais voir les mouvements rapides de quelque chose d'indistinct entre les châtaigniers. Une foule de grandes fourmis se pressaient sur le sol. Des chauves-souris me frôlaient et les moustiques bourdonnaient au-dessus de ma tête. Les longues branches, garnies de bouquets de feuilles, pendaient dans le ciel comme des guirlandes ; celles qui se déployaient juste autour et au-dessus de moi avaient un peu l'air d'un treillage ravagé et à moitié renversé par une rafale de vent.

Le sommeil se déroba longtemps à mes paupières. Au moment où je commençais à sentir le repos se glisser dans mes membres et s'installer profondément dans mon esprit, un bruit soudain près de ma tête me rendit à nouveau tout à fait conscient et, je l'avouerai franchement, me glaça le sang. C'était le genre de bruit que fait quelqu'un qui gratte bien fort avec ses ongles. Cela venait de sous le havresac qui me servait d'oreiller, et se répéta trois fois avant que j'aie pu me redresser et me retourner. On ne voyait rien, on n'entendait rien, sauf quelques mystérieux frottements proches et lointains, et l'incessant accompagnement de la rivière et des grenouilles. J'appris le lendemain que les châtaigneraies sont infestées par les rats ; ils étaient probablement responsables des frottements, des gazouillis et des grattements. Mais sur le moment, l'énigme était restée insoluble, et j'avais dû calmer mes esprits de mon mieux, plein d'incertitudes et d'interrogations quant à mes voisins.

Je fus réveillé dans la grisaille du petit matin (lundi 30 septembre) par un bruit de pas tout proches sur les pierres, et en ouvrant les yeux, j'aperçus un paysan qui se promenait entre les châtaigniers le long d'un chemin que je n'avais pas remarqué jusque-là. Il ne tourna la tête ni à droite ni à gauche et, en quelques enjambées, disparut au milieu du feuillage. J'étais sauvé ! Mais, de toute évidence, il était plus que temps de partir. Les paysans étaient en route, à peine moins terribles, dans mon indescriptible situation, que les soldats du capitaine Poul pour les indomptables camisards. Je nourris Modestine en toute hâte, mais alors que je regagnais mon sac, je vis un homme et un garçon descendre la colline dans une direction perpendiculaire à la mienne. Ils me hélèrent de façon inintelligible, et je leur répondis par des sons inarticulés mais joyeux, en me dépêchant d'aller enfiler mes guêtres.

Les deux paysans, père et fils semblait-il, arrivèrent lentement au plateau, et restèrent debout à côté de moi, silencieux, pendant quelque temps. Le lit était ouvert, et je vis avec regret que mon revolver était posé, en évidence, sur la laine bleue. Enfin, après m'avoir examiné de haut en bas, dans un silence devenu ridiculement embarrassant, l'homme me demanda, d'un ton qui me parut peu amical :

« Vous avez dormi ici ?

— Oui, dis-je, comme vous voyez.

— Pourquoi ?

— Ma foi, répondis-je d'un ton badin, j'étais fatigué. »

Il voulut ensuite savoir où j'allais et ce que j'avais mangé pour dîner, puis, sans transition, il ajouta : « *C'est bien**, viens. » Son fils le suivit et, sans un mot de plus, ils se dirigèrent vers le deuxième châtaignier de la rangée, qu'ils se mirent à élaguer. Je m'en tirais à meilleur compte que je ne l'avais espéré. C'était un homme grave, respectable, et sa voix hostile n'indiquait pas qu'il parlait à un criminel, mais à un inférieur.

Je fus bientôt sur la route, grignotant une tablette de chocolat et sérieusement préoccupé par un cas de conscience. Devais-je payer pour le logement de cette nuit ? J'avais mal dormi, le lit était plein de puces sous la forme de fourmis, il n'y avait pas d'eau dans la chambre, l'aube même avait négligé de me réveiller le matin. J'aurais pu manquer un train, s'il y en avait eu un à attraper dans le voisinage. De toute évidence, je n'étais pas satisfait de mon hébergement ; et je décidai de ne pas payer, sauf si je rencontrais un mendiant.

La vallée semblait encore plus jolie le matin. Bientôt la route descendit au niveau de la rivière. Là, en un lieu où plusieurs châtaigniers droits et prospères s'assemblaient, formant une île sur une terrasse herbeuse, je fis ma toilette matinale dans l'eau du Tarn. Elle était merveilleusement claire, délicieusement fraîche. La mousse du savon disparut comme par enchantement dans le courant rapide, et les galets blancs servaient de modèle de propreté. Se laver dans l'une des rivières de Dieu, en plein air, me paraît être une solennité joyeuse, un acte d'adoration à demi païen. Barboter dans des bassins, dans une chambre, permet peut-être de nettoyer le corps, mais l'imagination ne prend aucune part dans cette purification. Je repris mon chemin le cœur léger et paisible, en chantant des psaumes pour l'oreille de l'esprit.

Soudain apparut une vieille femme, qui me demanda l'aumône de but en blanc.

« Bon, pensai-je, voilà la servante avec la note. »

Et sur-le-champ je payai pour le logement de ma nuit. Prenez-le comme vous voudrez, mais c'était le premier et le dernier mendiant que je croisai durant tout mon voyage.

Quelques pas plus loin, je fus rejoint par un vieillard en bonnet de nuit brun, l'œil clair, la peau tannée, qui montrait un vague sourire enthousiaste. Une petite fille le suivait, qui menait deux moutons et une chèvre, mais elle resta derrière nous, tandis que le vieil homme marchait à mes côtés en me parlant du matin et de la vallée. Il n'était guère plus de 6 heures, et pour les gens sains qui ont assez dormi, c'est une heure expansive où l'on parle à cœur ouvert.

« *Connaissez-vous le Seigneur** ? » dit-il enfin.

Je lui demandai de quel Seigneur il parlait, mais il se contenta de répéter sa question avec plus d'insistance, les yeux pleins d'espoir et d'intérêt.

« Ah, fis-je, en montrant le ciel, je vous comprends maintenant. Oui, je Le connais, Il est mon meilleur ami. »

Le vieillard se déclara enchanté. « Tenez, ajouta-t-il, en se frappant la poitrine, ça me rend heureux ici. » Il y avait dans ces vallées quelques personnes qui connaissaient le Seigneur, poursuivit-il ; pas beaucoup, mais quelques-unes. « Il y a beaucoup d'appelés, et peu d'élus, me rappela-t-il.

— Mon père, dis-je, il n'est pas facile de dire qui connaît le Seigneur, et cela ne nous regarde pas. Les protestants et les catholiques, et même ceux qui adorent des pierres, tous peuvent Le connaître et être connus de Lui ; car Il les a tous créés. »

Je ne me savais pas si bon prédicateur.

Le vieil homme m'assura qu'il pensait comme moi, et répéta son plaisir de m'avoir rencontré. « Nous sommes si peu. Ils nous appellent les moraves, ici, mais dans le département du Gard, où il y en a aussi un bon nombre, on les appelle darbistes, d'après le nom d'un pasteur anglais. »

Je commençai à comprendre, et la chose me parut

d'un goût douteux, qu'on me prenait pour un membre de quelque secte inconnue, mais j'étais plus content du contentement de mon compagnon qu'embarrassé par ma position équivoque. À dire vrai, je ne vois aucune malhonnêteté à ne pas avouer une différence d'opinion, surtout dans ces sujets élevés, où tous nous savons assez que, même si les autres ont tort, nous n'avons pas nous-mêmes complètement raison. On parle beaucoup de la vérité, mais ce vieillard en bonnet de nuit paraissait si simple, si doux et si amical, que je ne répugne pas à me déclarer converti. C'était en fait un des frères de Plymouth. Je n'ai aucune idée de ce que cela implique en matière de doctrine, et je n'ai pas le temps de m'informer sur la question ; mais je sais fort bien que nous sommes tous embarqués dans un monde agité, enfants d'un même Père, qui luttons sur plusieurs points essentiels pour lui ressembler dans notre être et dans nos actions. Même si c'est un peu par erreur qu'il me serra la main si souvent et se montra si prêt à écouter mes paroles, c'était par une de ces erreurs qui mènent à la vérité. Car la charité doit d'abord être aveugle. Ce n'est qu'à travers une série de semblables bévues qu'elle finit par s'ériger en principe établi d'amour et de patience, en une ferme croyance en notre prochain. Si j'ai trompé ce vieil homme, je serais prêt à en tromper d'autres de la même façon. Et si jamais à la fin, issus de nos tristes voies solitaires, nous nous rassemblions tous en un foyer commun, je caresse l'espoir que mon frère de Plymouth montagnard se hâtera de venir me serrer la main à nouveau.

C'est ainsi que, devisant en chemin comme Chrétien et Fidèle, nous arrivâmes dans un humble hameau sur le Tarn, nommé La Vernède. Il y avait moins d'une douzaine de maisons, et une chapelle protestante sur un tertre. C'est là que vivait le vieillard, et c'est là que je commandai mon petit déjeuner. L'auberge était tenue par un jeune homme sympathique, cantonnier sur la route, et par sa sœur, jolie et engageante. Le maître d'école du village entra pour parler avec l'étranger. Ils étaient tous protestants, ce qui me ravissait plus que je ne m'y attendais. Chose qui me ravissait plus encore, tous ces gens semblaient honnêtes et simples. Le frère de Plymouth tournait autour de moi avec une sorte d'intérêt anxieux, et revint au moins trois fois pour être sûr que j'appréciais mon repas. Son comportement m'émut profondément, et le souvenir m'en touche encore maintenant. Il avait peur d'être importun, mais il ne se serait pas spontanément privé de ma compagnie et semblait ne jamais se lasser de me serrer la main.

Quand tous les autres furent partis vers leur travail du jour, je restai assis près d'une demi-heure avec la jeune maîtresse de maison qui, son ouvrage à la main, me parla agréablement de la récolte des châtaignes, des beautés du Tarn, des vieux liens d'affection familiale qui se brisent quand les jeunes quittent la maison mais qui subsistent pourtant. Avec sa simplicité campagnarde et toute la délicatesse que cela cachait, je suis sûr que cette femme était une douce nature. Celui qui lui offrira son cœur sera assurément un heureux homme.

La vallée située en contrebas me plaisait toujours davantage à mesure que j'avançais. Tantôt les collines s'approchaient de chaque côté, nues et croulantes, et enfermaient la rivière entre deux remparts ; tantôt la vallée s'ouvrait, toute verte. En route, je passai devant le vieux château de Mirai, bâti sur un escarpement, devant un monastère fortifié, depuis longtemps désaffecté et transformé en église et en presbytère, et devant un essaim de toits noirs, le village de Cocurès, assis parmi les vignobles, les prairies, les vergers remplis de pommes rouges. On gaulait les noix le long de la route, et on les récoltait dans des sacs et des paniers. Même quand la vallée s'ouvrait au maximum, les collines restaient hautes et nues, parsemées de remparts rocheux et de sommets pointus. Le Tarn grommelait toujours à travers les pierres, avec une voix caverneuse. Influencé par les récits de voyageurs à l'imagination fertile, je m'attendais à découvrir une région terrifiante, qui aurait plu à Byron. Mais à mes yeux écossais, l'endroit parut souriant et fertile, de même que le climat donnait à mon corps écossais la sensation du plein été. Pourtant, les châtaigniers avaient déjà perdu leurs fruits, cueillis par l'automne, et les peupliers qui commençaient à se mêler à eux s'étaient teints d'or pâle devant la menace de l'hiver.

Il y avait dans ce paysage farouche mais souriant quelque chose qui me fit comprendre l'esprit des « Covenantaires » du Sud. Ceux qui, en Écosse, prirent le maquis pour défendre la liberté de leur conscience, n'avaient que des pensées sinistres et démoniaques. Les manœuvres de Satan les préoccupaient deux fois plus que le réconfort de Dieu. Les camisards, eux, n'avaient que des visions radieuses et encourageantes. Ils faisaient davantage couler le sang, le leur comme celui des autres. Pourtant je ne trouve pas cette obsession du Démon dans leurs chroniques. Le cœur léger, ils menaient leur vie dans ces temps et ces conditions barbares. L'âme de Séguier, ne l'oublions pas, était comme un jardin. Ils savaient qu'ils étaient du côté de Dieu, avec une certitude sans parallèle chez les Écossais, car ceux-ci, bien que sûrs de leur cause, n'eurent jamais confiance en l'individu.

« Nous volions quand nous entendions le chant de ces divins cantiques, dit un vieux camisard. Nous sentions au-dedans de nous une ardeur qui nous animait, un désir qui nous transportait : cela ne se peut exprimer. Quelque grande que fût quelquefois notre lassitude nous n'y pensions plus, dès le moment que le chant des psaumes frappait nos oreilles : nous devenions légers. »

La vallée du Tarn et les gens que j'ai rencontrés à La Vernède non seulement m'expliquent ces propos, mais aussi les vingt années de souffrance que ceux qui étaient si inflexibles et sanguinaires quand ils se mirent en guerre subirent avec la patience d'enfants et la constance de saints et de paysans.

Sur un bras du Tarn se dresse Florac, siège d'une sous-préfecture, avec un vieux château, une allée de platanes, beaucoup de coins de rues pittoresques et une fontaine vive qui jaillit de la colline. Florac est également remarquable pour ses belles femmes et en tant que l'une des deux capitales, avec Alais, du pays des camisards.

Après mon repas, l'aubergiste m'emmena à un *café** voisin où je devins, ou plutôt mon voyage devint le sujet de la conversation, cet après-midi-là. Chacun avait une suggestion pour me guider, et on alla chercher à la sous-préfecture même la carte sous-préfectorale qui fut copieusement manipulée entre les tasses à café et les verres de liqueur. La plupart de ces généreux conseillers étaient protestants, mais j'observai que protestants et catholiques se côtoyaient de façon tout à fait naturelle, et je fus surpris de voir quel vif souvenir la guerre de religion avait laissé. En Écosse, dans les collines du Sud-Ouest, du côté de Mauchline, Cumnock ou Carsphairn, dans les fermes isolées ou chez les pasteurs, les austères presbytériens se rappellent encore les jours de la grande persécution, et les tombes des martyrs locaux sont encore pieusement vénérées. Mais dans les villes, dans les classes soi-disant supérieures, ces événements, je le crains, sont devenus de l'histoire ancienne. Si vous rencontriez une société mêlée à Wington, à la taverne des Armes du Roi, il y a peu de chances que la conversation roule sur les « Covenanters ». Et même, à Muikirk de Glenluce, j'ai découvert que la femme du bedeau n'avait seulement jamais entendu parler du prophète Peden. Mais ces Cévenols sont fiers de leurs ancêtres d'une autre façon ; la guerre était leur sujet de discussion favori, ses exploits constituaient leurs lettres de noblesse. Quand un homme ou une race n'a connu qu'une aventure, et que celle-ci est héroïque, on peut s'attendre, et il faut pardonner, à quelque prolixité sur la question. Ils me dirent que le pays était encore plein de légendes que personne n'avait songé à rassembler. Ils me parlèrent des descendants de Cavalier, point en ligne directe, entendons-nous, mais simples cousins ou neveux, qui menaient une vie prospère sur le théâtre des exploits du jeune général. Un fermier avait vu les os de combattants d'autrefois, mis au jour, un après-midi, en plein XIXe siècle, dans un champ où les ancêtres avaient livré bataille, et où les arrière-petits-enfants creusaient paisiblement.

Plus tard dans la journée, l'un des pasteurs protestants eut la bonté de me rendre visite : un jeune homme, intelligent et poli, avec qui je passai une heure ou deux à parler. Il m'apprit que Florac est en partie catholique, en partie protestante, et que les différences religieuses se doublent habituellement de différences politiques. Vous pouvez juger de ma surprise, à moi qui venais de cette Pologne qu'est Le Monastier, de ce purgatoire cancanier, quand j'appris que la population vivait en bonne entente, de façon pacifique, et qu'il y avait même échange d'amabilités entre foyers ainsi doublement séparés. Camisard noir et camisard blanc, milicien, miquelet et dragon, prophète protestant et cadet catholique de la Croix blanche, ils avaient tous ferraillé et fusillé, brûlé, pillé, assassiné, le cœur bouillant d'une passion indignée. Ici, après cent soixante-dix ans, le protestant est toujours protestant et le catholique, toujours catholique, dans la tolérance mutuelle et l'amitié paisible. Mais la race humaine, comme cette indomptable nature d'où elle est issue, a des vertus curatives qui lui sont propres. Les années et les saisons apportent des récoltes diverses, le soleil revient après la pluie, et l'humanité survit aux animosités séculaires, comme quelqu'un qui se réveille libéré des passions d'un autre jour. Nous jugeons nos ancêtres du haut d'une position plus divine, et comme avec les siècles, la poussière s'est un peu déposée, nous pouvons voir les deux camps parés de vertus humaines et luttant avec une apparence de bon droit.

Je n'ai jamais pensé qu'il était aisé d'être juste, et

chaque jour la tâche me paraît plus difficile que je ne le croyais. J'avoue que je rencontrai avec ravissement ces protestants, et avec le sentiment de revenir chez moi. J'étais habitué à parler leur langue, si l'on prend ce mot dans son sens plus profond, et non simplement ce qui distingue le français de l'anglais ; car la vraie Babel, c'est la divergence en matière de morale. Je pouvais donc communiquer plus librement avec les protestants, et être plus juste envers eux qu'envers les catholiques. Le P. Apollinaire peut faire la paire avec mon frère de Plymouth montagnard, ces deux vieillards pieux et innocents. Je me demande pourtant si j'avais la même estime pour les vertus du trappiste ou, si j'avais été catholique, si j'aurais éprouvé tant de sympathie pour le dissident de La Vernède. Avec le premier il s'agissait simplement de tolérance mutuelle, mais avec le second, bien que seulement grâce à un quiproquo et en s'en tenant à certains sujets choisis, il était encore possible d'avoir une conversation et d'échanger quelques pensées honnêtes. En ce monde d'imperfection nous accueillons avec joie même une intimité partielle. Et si nous trouvons seulement un être à qui nous pouvons librement ouvrir notre cœur, avec qui nous pouvons nous promener, unis par l'amitié, avec simplicité, sans dissimulation, nous n'avons pas lieu de nous plaindre du monde ou de Dieu.

DANS LA VALLÉE DU MIMENTE

Le mardi 1er octobre, nous quittâmes Florac tard dans l'après-midi, l'âne fatigué avec l'ânier fatigué. Un peu en amont du Tarnon, un pont de bois couvert nous fit pénétrer dans la vallée du Mimente. La rivière était surplombée par d'abrupts rochers rouges. Sur les pentes ou sur les terrasses pierreuses se dressaient de grands chênes et marronniers ; çà et là, un champ de millet tout rouge, ou quelques pommiers incrustés de pommes rouges. La route passait tout près de deux hameaux noirs, dont un pourvu d'un vieux château perché à son sommet pour réjouir le cœur du touriste.

Ici encore, il me fut difficile de trouver un emplacement adéquat pour mon campement. Même sous les chênes et les châtaigniers le sol était non seulement fort pentu, mais jonché de pierres roulantes. Là où il n'y avait pas d'arbres, les collines formaient un rouge précipice duveté de bruyère. Devant moi, le soleil avait quitté le plus haut sommet, et la vallée était pleine du mugissement de la corne des bergers qui rappellent leurs troupeaux vers l'étable, quand j'aperçus un morceau de prairie à quelque distance, sous la route, dans un angle de la rivière. J'y descendis et, après avoir attaché provisoirement Modestine à un arbre, je me mis à inspecter le voisinage. L'ombre gris perle du soir emplissait la clairière ; des objets peu éloignés devenaient indistincts et se fondaient étonnamment les uns dans les autres. L'obscurité montait résolument comme une exhalaison. Je m'approchai d'un grand chêne qui poussait dans la prairie, tout contre la berge. À mon grand dégoût, des voix d'enfants parvinrent à mon oreille, et je vis une maison à l'angle, sur l'autre berge. J'eus presque envie de remballer et de repartir, mais les ténèbres de plus en plus épaisses me poussèrent à rester. Il me suffisait de ne faire aucun bruit jusqu'à la nuit noire, et me fier à l'aube pour me réveiller tôt le lendemain. Mais il était difficile d'être gêné par les voisins dans un si grand hôtel.

Un creux sous le chêne fut mon lit. Avant que j'aie nourri Modestine et arrangé mon sac, trois étoiles brillaient déjà vivement et les autres commençaient à paraître. Je me glissai jusqu'à la rivière, qui semblait très noire parmi ses rochers, pour remplir ma gourde, puis je dînai d'un bon appétit, dans l'obscurité, car j'avais scrupule à allumer ma lanterne si près d'une maison. La lune, que j'avais vue tout l'après-midi comme un pâle croissant, illuminait faiblement le sommet des collines, mais pas un rayon ne tombait au fond de la clairière où j'étais couché. Le chêne se dressait devant moi comme un pilier de ténèbres, et au-dessus de ma tête les étoiles charmeuses s'étaient disposées sur le visage de la nuit. Nul ne connaît les étoiles, qui n'a dormi, comme disent si bien les Français, *à la belle étoile**. Il peut connaître leur nom, à toutes, leur distance et leur magnitude, et pourtant être ignorant de cela seul qui touche l'humanité : leur influence sereine et joyeuse sur l'esprit. La plus grande part de la poésie parle des étoiles, et très justement, car elles sont elles-mêmes les plus classiques des poètes. Ces mondes lointains, éparpillés comme des chandelles ou concentrés comme une poussière de diamants dans le ciel, ne s'étaient pas montrés différemment à Roland ou à Cavalier quand, selon ce dernier, ils n'avaient « de tente que le ciel, et de lit que notre mère la terre ».

Toute la nuit le vent souffla violemment dans la vallée, et le chêne fit tomber sur moi une pluie de glands. Cependant, en cette première nuit d'octobre, l'air était aussi doux qu'en mai, et je dormis avec la fourrure rejetée.

Je fus fort dérangé par l'aboiement d'un chien, animal que je crains plus qu'un loup. Le chien est infiniment plus courageux, et de plus, est soutenu par le sentiment du devoir. Si vous tuez un loup, vous ne rencontrez qu'encouragements et éloges, mais si vous tuez un chien, les droits sacrés de la propriété et les affections domestiques viennent vous harceler pour obtenir réparation. À la fin d'une journée épuisante, la note cruelle et mordante d'un aboiement est déjà en soi un désagrément sérieux, et pour un vagabond comme moi, le chien représente le monde sédentaire et respectable sous sa forme la plus hostile. Il y a quelque chose du prêtre ou du notaire dans cet engageant animal, et si on ne pouvait en venir à bout à coups de pierres, l'homme le plus brave hésiterait à voyager à pied. Je respecte beaucoup les chiens dans le cercle domestique, mais sur les routes, ou quand je dors dans un champ, je les déteste et les crains à la fois.

Je fus réveillé le lendemain (mercredi 2 octobre) par le même chien – je reconnus son aboiement – qui fonçait le long de la berge, puis, me voyant assis, battit en retraite avec un grand empressement. Les étoiles n'étaient pas encore tout à fait éteintes. Le ciel avait ce doux bleu-gris enchanteur du petit matin. Une lumière claire et immobile commença à se répandre, et les arbres des coteaux détachaient nettement leur silhouette sur le ciel. Le vent avait viré plus au nord et ne m'atteignait plus dans la clairière, mais tandis que je faisais mes préparatifs, il poussa bien vite un nuage blanc par-dessus le sommet de la colline. En levant les yeux, je fus étonné de voir le nuage teint d'or. Dans ces hautes régions de l'air, le soleil brillait déjà comme à midi. Si seulement les nuages voyageaient assez haut, nous verrions la même chose toute la nuit. Car il fait toujours clair dans les champs de l'espace.

Quand je me mis à remonter la vallée, une rafale venue de l'orient s'y engouffra, alors que les nuages continuaient à courir au-dessus presque en sens contraire. Quelques pas plus loin, je vis tout un coteau doré par le soleil. Encore un peu plus loin, entre deux sommets, un foyer d'un éclat aveuglant semblait flotter dans le ciel, et je me retrouvai de nouveau face au grand feu de joie qui occupe le cœur de notre système.

Je ne rencontrai qu'un être humain ce matin-là, un voyageur sombre, d'allure militaire, qui portait une gibecière sur un baudrier. Il fit pourtant une remarque digne d'être consignée. Quand je lui demandai s'il était protestant ou catholique :

« Oh, dit-il, je n'ai pas honte de ma religion. Je suis catholique. »

Il n'en avait pas honte ! L'expression vaut comme un exemple de statistique naturelle, car c'est le langage d'un membre d'une minorité. Je pensai, avec un sourire, à Bavile et à ses dragons, comment on peut écraser une religion à coups de bottes pendant un siècle, et par cet affrontement, ne la rendre que plus vivace. L'Irlande est encore catholique, les Cévennes toujours protestantes. Ce n'est pas un plein panier de documents officiels, ni les sabots et les crosses d'un régiment de cavalerie qui peuvent changer d'un iota les pensées d'un laboureur. Le rustique qui vit au grand air n'a pas beaucoup d'idées, mais celles qu'il a sont des plantes robustes, florissantes sous la persécution. Quiconque a grandi dans la sueur des labeurs de midi, sous les étoiles de la nuit, quiconque a fréquenté les collines et les forêts, tel l'honnête paysan finit par acquérir un sentiment de communion avec les pouvoirs de l'univers et des relations amicales avec son Dieu. Comme mon frère de Plymouth montagnard, il connaît le Seigneur. Sa religion ne repose pas sur un choix raisonné, c'est la poésie de son expérience, la philosophie de l'histoire de sa vie. Dieu, comme un grand pouvoir, comme un grand soleil brillant, est apparu à cette âme simple dans le cours des années, et est devenu le fondement et l'essence de ses moindres réflexions. Vous pouvez si vous le voulez changer les croyances et les dogmes par décret, ou proclamer une nouvelle religion à grand renfort de trompettes, mais voilà un homme qui a ses pensées à lui, et s'y tiendra obstinément pour le meilleur et pour le pire. Il est catholique, ou protestant, ou frère de Plymouth, au même sens indéfectible où un homme n'est pas une femme, une femme pas un homme. Il ne pourrait pas dévier de sa foi à moins de pouvoir éradiquer tout souvenir du passé et, au sens strict et non conventionnel, changer son esprit.

LE CŒUR DU PAYS

Je m'approchais à présent de Cassagnas, amas de toits noirs à flanc de colline, dans cette vallée sauvage, parmi les châtaigneraies, surveillé, dans l'air clair, par de nombreux sommets rocheux. La route qui longe le Mimente est encore neuve, et les montagnards ne sont pas encore revenus de leur surprise quand la première carriole arriva à Cassagnas.

Quoique éloigné du courant des affaires humaines, ce hameau avait déjà joué un rôle dans l'histoire de France. Non loin, dans les cavernes des montagnes, se trouvait un arsenal des camisards, l'un des cinq où ils entreposaient vêtements, blé et armes en cas de nécessité, où ils forgeaient baïonnettes et sabres et fabriquaient leur propre poudre avec du charbon de bois de saule et du salpêtre bouillis dans des marmites. Dans ces mêmes grottes, au milieu de toute cette industrie diverse, on amenait les malades et les blessés pour leur convalescence. Deux chirurgiens, Chabrier et Tavan, leur rendaient visite et ils étaient soignés en secret par des femmes de la région.

Des cinq légions en lesquelles se divisaient les camisards, c'est la plus ancienne et la plus obscure qui avait ses magasins à Cassagnas. C'était la bande d'Esprit Séguier, des hommes qui avaient joint leur voix à la sienne dans le psaume 68 tandis qu'ils marchaient, certaine nuit, sur l'archiprêtre des Cévennes. À Séguier, promu aux cieux, succéda Salomon Couderc, que Cavalier considère dans ses mémoires comme le chapelain général de toute l'armée des camisards. C'était un prophète, grand lecteur des cœurs, qui donnait le sacrement aux uns et le refusait aux autres, en « posant sur chaque homme un regard lourd d'intentions » entre les deux yeux ; il connaissait l'essentiel des Écritures par cœur. C'est une circonstance heureuse car, surpris par une attaque en août 1703, il perdit sa mule, ses papiers et sa bible. Il est néanmoins étrange que cette légion de Cassagnas ne fût pas surprise plus souvent ni plus efficacement, car ils avaient une théorie de la guerre toute patriarcale, et campaient sans sentinelles, laissant ce devoir aux anges du Dieu pour lequel ils combattaient. Cela témoigne non seulement de leur foi mais aussi du manque total de routes dans la région qui les hébergeait. M. de Caladon, se promenant par un beau jour, se trouva sans prévenir parmi eux, comme il aurait pu rencontrer « un troupeau de moutons au milieu des champs ». Certains étaient endormis, d'autres éveillés, chantant les psaumes. Un traître n'avait besoin d'aucune autre recommandation pour s'insinuer dans leurs rangs que « la capacité à chanter les psaumes ». Même le prophète Salomon « le prit en particulière amitié ». C'est ainsi, parmi le dédale des collines, que la troupe rustique subsista, et l'histoire ne peut guère leur attribuer d'exploits, à part les sacrements et les extases.

Comme je viens de le dire, les gens de cette race rude et simple ne sont guère volages en matière de religion, et le plus près qu'ils s'approchent de l'apostasie n'est qu'une conformité apparente comme celle de Naaman dans la maison de Rimmon. Quand Louis XVI, selon les termes de son édit, « convaincu de l'inutilité d'un siècle de persécutions, et par nécessité plutôt que par sympathie », accorda enfin la grâce royale de la tolérance, Cassagnas était encore protestant, et l'est encore aujourd'hui sans la moindre exception. Il y a bien, de fait, une famille qui n'est pas protestante, mais elle n'est pas catholique non plus. C'est celle d'un curé défroqué, qui s'est mis en ménage avec une institutrice. Et, cela vaut la peine d'être noté, les protestants désapprouvent sa conduite.

« C'est une mauvaise idée pour un homme que de revenir sur ses engagements », me dit-on.

Les villageois que je rencontrai me parurent intelligents comme on peut l'être à la campagne, et tous sobres et dignes dans leurs manières. En tant que protestant moi-même, je fus bien accueilli, et mes connaissances historiques m'attirèrent plus de respect encore. Nous eûmes à table une sorte de controverse religieuse, le gendarme et le marchand avec lesquels je dînai, tous deux venus de quelque autre lieu, étant catholiques. Les jeunes hommes de la maison m'entouraient et me soutenaient, et toute la discussion fut menée dans un esprit de tolérance, ce qui avait de quoi étonner un homme habitué aux querelles byzantines des Écossais. Le marchand s'échauffa un peu, à la vérité, et mon savoir lui plut bien moins qu'aux autres, mais le gendarme conserva tout au long une certaine aisance.

« C'est une mauvaise idée pour un homme que de changer », dit-il, et la remarque fut généralement applaudie.

Ce n'était pas l'opinion du prêtre et du soldat, à Notre-Dame-des-Neiges. Mais il s'agissait ici d'une espèce différente, et peut-être la même noblesse d'âme qui leur avait donné la force de résister leur permettait-elle maintenant de s'opposer avec affabilité. Car le courage respecte le courage, mais là où la foi a été piétinée, on peut s'attendre à trouver un peuple de petits esprits mesquins. L'œuvre véritable de Bruce et de Wallace fut l'union des nations, afin qu'elles cessent de batailler le long des frontières et que, le moment venu, elles puissent s'unir dans le respect mutuel.

Le marchand s'intéressa beaucoup à mon voyage ; il jugeait dangereux de dormir dans les champs.

« Il y a les loups, dit-il, et puis on sait que vous êtes anglais. Les Anglais ont toujours la bourse bien garnie, et une nuit l'idée pourrait bien venir à quelqu'un de vous donner un méchant coup. »

Je lui répondis que je ne redoutais guère ce genre d'accident, et qu'il me semblait du moins peu sage de s'arrêter à de telles alarmes, de s'effrayer de si faibles périls dans la gouverne d'une vie. La vie elle-même, proposai-je, est une entreprise bien trop hasardeuse dans l'ensemble pour que chaque danger supplémentaire vaille la peine d'être pris en compte. « Il peut se produire un incident fatal à l'intérieur de votre corps n'importe quel jour de la semaine, et c'en est alors fini, quand bien même vous seriez enfermé à triple tour dans votre chambre.

— *Cependant*, fit-il, *coucher dehors* !*

— Dieu est partout.

— *Cependant, coucher dehors* !* » répéta-t-il, d'une voix éloquente de terreur.

C'est la seule personne, de tout mon voyage, qui ait vu le moindre danger dans un acte aussi simple, même si beaucoup de gens le jugeaient superflu. D'un autre côté, il n'y a qu'un homme qui se soit déclaré enchanté par cette idée : c'était mon frère de Plymouth, qui s'exclama, lorsque je lui dis que j'aimais parfois mieux dormir sous les étoiles que dans une taverne fermée et bruyante : « Maintenant je vois que vous connaissez le Seigneur ! »

Au moment de mon départ, le marchand me demanda ma carte car, dit-il, je serais plus tard un sujet de conversation, et il voulut que je prenne note de cette requête et de son pourquoi, désir que j'exauce par ces lignes.

Peu après 2 heures je traversai le Mimente et je pris un chemin rocailleux qui montait une colline, vers le sud, plein de pierres glissantes et de mottes de bruyère. Au sommet, selon la coutume du pays, le chemin disparaissait. Je laissai mon ânesse mâcher la bruyère et je partis seul en avant à la recherche d'une route.

J'étais maintenant à la limite de deux grands partages des eaux. Derrière moi toutes les rivières se dirigeaient vers la Garonne et l'océan Atlantique, devant moi s'étendait le bassin du Rhône. Comme du haut du Lozère, on voyait briller, par temps clair, le golfe du Lion. Peut-être de là les soldats de Salomon guettèrent-ils les huniers de Sir Cloudesley Shovel et l'aide anglaise depuis longtemps promise. On peut considérer que cette crête rocheuse se dresse au cœur du pays des camisards : quatre des cinq légions campèrent tout autour et presque à portée de vue, Salomon et Joani au nord, Castanet et Roland au sud. Quand Julien eut fini son illustre ouvrage, la dévastation des hautes Cévennes, qui dura tout au long d'octobre et de novembre 1703, pendant laquelle quatre cent soixante villages et hameaux furent entièrement ravagés par le feu et la hache, un homme debout sur cette éminence aurait pu contempler une terre silencieuse et dépeuplée, sans la moindre cheminée fumante. Le temps et l'activité de l'homme ont aujourd'hui réparé ces ruines.

Cassagnas a retrouvé ses toits d'où monte la fumée des foyers. Dans les châtaigneraies, dans les coins bas et feuillus, plus d'un fermier prospère, à la fin de sa journée de travail, retrouve ses enfants et son âtre brillant. Pourtant ce fut peut-être la vue la plus sauvage de tout mon périple. Cime après cime, les chaînes de collines couraient vers le sud, creusées et sculptées par les torrents d'hiver, empanachées de la tête aux pieds par les châtaigniers, çà et là se brisant en une couronne de hautes parois. Le soleil, encore bien loin de son coucher, balayait les sommets d'un faisceau d'or brumeux mais les vallées étaient déjà plongées dans une ombre profonde et paisible.

Un très vieux berger, sautillant à l'aide de deux cannes, coiffé d'un bonnet phrygien noir, comme pour signifier qu'il était proche de la tombe, me dirigea vers la route de Saint-Germain-de-Calberte. L'isolement de cette créature infirme et chargée d'ans avait je ne sais quoi de solennel. Où vivait-il, comment était-il arrivé sur cette haute crête, comment pensait-il redescendre : autant de questions auxquelles je n'ai aucune réponse. Non loin, à ma droite, s'étendait le célèbre plan de Font-Morte, où Poul pourfendit de son sabre arménien les camisards de Séguier. L'idée me vint que le vieil homme pouvait bien être quelque Rip van Winkle de cette guerre, qui aurait perdu ses compagnons en fuyant devant Poul et errait depuis lors dans les montagnes. Il ignorait peut-être que Cavalier s'était rendu, ou que Roland était mort en combattant, adossé à un olivier. Et tandis que j'élaborais ainsi ma rêverie, je l'entendis me héler d'une voix rauque, et je le vis me faire signe de revenir avec l'une de ses échasses. J'étais déjà bien avancé mais, laissant Modestine une fois de plus, je revins sur mes pas.

Hélas, l'affaire était bien terre à terre. Le vieillard avait oublié de demander au colporteur ce qu'il vendait, et voulait remédier à cette négligence.

Je lui répondis tout net : « Rien. »

« Rien ? » s'exclama-t-il.

Je répétai : « Rien », et partis.

La chose est étrange, mais je me rendis peut-être, par ce mot, aussi inexplicable pour le vieil homme qu'il l'était pour moi.

La route passait sous les châtaigniers. Je vis un hameau ou deux dans la vallée, en contrebas, et plusieurs maisons isolées où vivaient les cultivateurs, mais ce fut un après-midi entier de marche solitaire, et le soir commença tôt sous les arbres. J'entendis pourtant tout près une voix de femme chanter quelque vieille et interminable ballade. Il était question dans ces tristes couplets d'un *bel amoureux**, et j'aurais voulu pouvoir en entonner l'air à mon tour pour lui donner réplique tout en poursuivant mon invisible chemin forestier, entrelaçant mes pensées aux siennes comme Pippa dans le poème. Qu'aurais-je pu lui dire ? Bien peu de chose, et pourtant tout ce qu'exige le cœur. Comme le monde donne et reprend, et ne rapproche les amants que pour les séparer en des contrées lointaines et inconnues ! L'amour est néanmoins le grand talisman qui fait du monde un jardin, et « l'espoir qui vient à tous » l'emporte sur les accidents de la vie lorsque, d'une main tremblante, il dépasse la tombe et la mort. Facile à dire, certes, mais aussi, par la miséricorde de Dieu, également facile et réjouissant à croire !

Nous arrivâmes enfin à une large grand-route tapissée de poussière insonore. La nuit était tombée et la lune brillait depuis un bon moment sur la montagne opposée quand, à un tournant, mon âne et moi nous trouvâmes tout à coup dans sa lumière. J'avais vidé mon flacon de cognac à Florac, car je ne pouvais plus supporter ce breuvage, que j'avais remplacé par un volnay généreux et parfumé. Je bus alors sur la route à la sainte majesté de la lune. Ce ne furent que quelques gorgées, mais je perdis conscience de mes membres et mon sang se mit à couler d'un flot impétueux. Même Modestine reçut l'inspiration de ce soleil nocturne purifié, et secoua ses petits sabots avec plus d'allant. La route descendait en lacets rapides à travers les massifs de châtaigniers. Une poussière chaude montait de nos pieds et s'envolait au loin. Nos deux ombres, la mienne déformée par le havresac, la sienne ridiculement chevauchée par le paquetage, tantôt s'étendaient devant nous, nettement dessinées sur la route, tantôt, après un tournant, allaient se perdre dans un lointain fantomatique et voguaient parmi les montagnes comme des nuages. De temps en temps un vent tiède bruissait dans la vallée et les châtaigniers mis en branle agitaient leurs bouquets de feuilles et de fruits ; l'oreille s'emplissait de ce murmure musical et les ombres dansaient en cadence. L'instant d'après, la brise avait fui et plus rien ne bougeait que nos pieds vagabonds. Sur le versant opposé, le clair de lune esquissait vaguement les contours des côtes et goulets monstrueux de la montagne. Tout en haut, dans quelque maison isolée rougeoyait une fenêtre éclairée, unique étincelle, carré de flamme dans le vaste espace tristement coloré de nuit.

À un certain point, alors que je descendais la route qui serpentait à angles aigus, la lune disparut derrière la colline. Je poursuivis mon chemin dans une obscurité profonde, jusqu'à ce qu'un nouveau lacet me jette à brûle-pourpoint dans Saint-Germain-de-Calberte. Le village était endormi et silencieux, enseveli dans une nuit opaque. D'une seule porte ouverte s'échappait la lumière d'une lampe pour me montrer que je me trouvais parmi des habitations humaines. Les deux dernières commères de la soirée, bavardant encore contre le mur d'un jardin, me dirigèrent vers l'auberge. La patronne était en train de mettre ses poussins au lit, le feu était déjà éteint et elle dut, non sans maugréer, le rallumer. Une demi-heure plus tard, et j'aurais dû aller sur mon perchoir sans souper.

LE DERNIER JOUR

À mon réveil (jeudi 3 octobre), j'entendis un grand concert de cocoricos claironnants et de caquètements satisfaits. À la fenêtre de la chambre propre et confortable où j'avais dormi, il me fut donné de contempler un matin ensoleillé dans une profonde vallée de châtaigneraies. Il était encore tôt et le chant des coqs, la lumière rasante et les longues ombres m'encouragèrent à sortir pour aller admirer les environs.

Saint-Germain-de-Calberte est une grande paroisse d'une circonférence d'environ neuf lieues. À l'époque des guerres et immédiatement avant la dévastation, elle comptait deux cent soixante-quinze familles, dont seules neuf étaient catholiques, et il fallut au *curé** dix-sept jours de septembre pour aller de foyer en foyer pour son recensement. Mais le village proprement dit, bien que chef-lieu d'un canton, est à peine plus grand qu'un hameau. Il étage ses terrasses sur un versant raide parmi de puissants châtaigniers. Le temple protestant se trouve plus bas, sur un épaulement ; la vieille église catholique, bien curieuse, est au centre de la ville.

C'est ici que le pauvre du Chayla, martyr chrétien, entretenait sa bibliothèque et sa cour de missionnaires, ici qu'il avait construit son tombeau, pensant reposer parmi une population reconnaissante de l'avoir rédimée de l'erreur. C'est ici encore que le lendemain de sa mort fut apporté, pour y être inhumé, son corps percé de cinquante-deux blessures. Vêtu de ses robes ecclésiastiques, il fut exposé en grande pompe dans l'église. Le *curé**, s'inspirant du texte du deuxième livre de Samuel, chapitre 20, verset 12, « Amaza couvert de sang gisait sur le chemin », prêcha un sermon galvanisant et exhorta ses frères à tous mourir à leur poste, comme leur illustre et infortuné supérieur. Au milieu de toute cette éloquence la nouvelle se répandit soudain qu'Esprit Séguier était tout près du village ; l'assemblée alors de déguerpir à cheval, les uns vers l'est, les autres vers l'ouest, et le *curé** jusqu'à Alais.

Étrange situation que celle de cette petite métropole catholique, parcelle de Rome, dans un pays si sauvage et hostile. D'un côté, à Cassagnas, la légion de Salomon la surveillait, et de l'autre, à Mialet, la légion de Roland empêchait tout secours. Le *curé** Louvreleuil, bien que pris de panique lors des funérailles de l'archiprêtre, après s'être précipitamment enfui à Alais, ne quitta plus ensuite sa chaire isolée du haut de laquelle il émit ses fulminations contre les crimes des protestants. Salomon assiégea le village durant une heure et demie, mais fut repoussé. La nuit, on entendit les miliciens, en faction devant la porte du *curé**, chanter des psaumes protestants et discuter amicalement avec les insurgés. Le matin, sans avoir tiré un seul coup, ils n'avaient plus un gramme de poudre dans leurs poires. Où était-elle ? Ils l'avaient intégralement remise aux camisards, moyennant finance. Ô gardiens trop peu sûrs pour un prêtre isolé !

Qu'il y ait eu jadis tant d'agitation et de troubles continuels dans Saint-Germain-de-Calberte, voilà ce que l'imagination a du mal à accepter. Tout est à présent si calme, le pouls de la vie humaine bat maintenant si faiblement et si paisiblement dans ce hameau montagnard. Je fus longtemps suivi par des gamins, race timide de chasseurs de lions, et les gens se retournaient ou sortaient de chez eux pour mieux me voir. On eût dit que mon passage était le premier événement depuis les camisards. Il n'y avait rien de grossier ou d'impudent dans ces regards ; c'était un examen ravi et étonné, comme celui des bovins ou des enfants. Il me fatigua cependant, et me poussa bientôt à quitter la rue.

Je pris refuge sur les terrasses, ici couvertes d'un tapis de gazon et, muni d'un crayon, j'essayai d'imiter les inimitables attitudes des châtaigniers qui portent leur dais de frondaisons. Une brise soufflait de temps à autre et les marrons tombaient tout autour de moi sur l'herbe avec un bruit sourd et faible. Ce bruit est comme celui d'une légère chute de gros grêlons, mais il s'accompagnait du joyeux sentiment humain de l'approche de la récolte, les fermiers réjouis par leurs gains. En levant les yeux, je voyais les fruits bruns se montrer à travers la bogue déjà fendue ; entre les tiges, l'œil embrassait l'amphithéâtre d'une colline, ensoleillé et vert de feuillage.

Rarement lieu m'a plu davantage. J'évoluais dans une atmosphère de plaisir, je me sentais léger, tranquille et content. Mais peut-être n'était-ce pas le lieu seul qui disposait ainsi mon esprit, peut-être certaine personne pensait-elle à moi dans un autre pays, ou peut-être une pensée s'en était-elle allée comme elle m'était venue, inaperçue mais bienfaisante. Car certaines pensées, qui seraient à coup sûr les plus belles, disparaissent avant que l'on ait pu vraiment connaître leurs traits, comme si un dieu voyageant par nos vertes routes se contentait d'ouvrir la porte, de jeter un regard souriant dans la maison et de repartir à jamais. Était-ce Apollon, Mercure ou Cupidon, les ailes repliées ? Qui le dira ? Mais nous vaquons à nos occupations avec plus d'allant et ressentons paix et plaisir en nos cœurs.

Je dînai avec quelques catholiques. Ils étaient d'accord pour condamner un jeune coreligionnaire qui avait épousé une protestante et s'était converti. Ils pouvaient comprendre et respecter un protestant de naissance. Ils semblaient en fait partager l'opinion de cette vieille catholique qui me dit le même jour qu'il n'y avait aucune différence entre les deux sectes, sauf que « l'erreur d'un catholique est une erreur plus grave » puisqu'il est mieux éclairé et guidé. Pourtant, cette désertion leur inspirait un profond mépris.

« C'est une mauvaise idée pour un homme que de changer », dit l'un.

C'était peut-être une coïncidence, mais vous voyez que cette phrase me poursuivait. Pour ma part, je pense que c'est la philosophie courante dans ces régions. J'ai quelque peine à en concevoir une meilleure. Ce n'est pas seulement une grande témérité pour un homme que de changer sa foi et de quitter sa famille pour s'assurer le ciel, mais on peut craindre, ou plutôt espérer, que malgré cette grande métamorphose aux yeux des hommes, il ne change pas d'un cheveu aux yeux de Dieu. Honneur à ceux qui ont su ainsi s'arracher, car la douleur est intense. Mais, force ou faiblesse, prophète ou simple d'esprit, il y a quelque chose de petit chez ceux qui peuvent s'intéresser suffisamment à ces opérations humaines infinitésimales, ou qui peuvent renoncer à une amitié pour un si douteux progrès de l'esprit. Et je pense que je n'abandonnerais pas ma vieille croyance pour n'échanger que des mots contre d'autres mots ; par de courageuses lectures, j'en embrasserais l'esprit et la vérité, de sorte que mon erreur me paraîtrait aussi grave que l'erreur du meilleur pratiquant d'une autre religion.

Le phylloxéra était arrivé dans la région, et au lieu de vin nous bûmes pour dîner un jus de la treille plus économique, appelé la parisienne. On l'obtient en mélangeant les raisins à de l'eau dans un tonneau. Un par un, les grains fermentent et éclatent. Ce qui est bu en une journée est renouvelé la nuit par une quantité d'eau équivalente, de sorte qu'en rajoutant toujours une cruche d'eau, et chaque grain de raisin éclatant et libérant sa force, un tonneau de parisienne peut abreuver une famille jusqu'au printemps. Comme le lecteur peut le supposer, c'est une boisson faible, mais très agréable au goût.

Avec le dîner et le café, il était 3 heures passées quand je quittai Saint-Germain-de-Calberte. Je descendis le long du Gardon de Mialet, grand cours d'eau étincelant mais sans eau, et je traversai Saint-Étienne-de-Vallée-Française, ou Val-Francesque, comme on disait autrefois. Le soir je commençai à gravir la colline de Saint-Pierre. C'était une ascension longue et raide. Longtemps une voiture vide regagnant Saint-Jean-du-Gard me suivit sur mes talons puis finit par me dépasser, près du sommet. Le conducteur, comme le reste du monde, était sûr que j'étais colporteur, mais contrairement aux autres, il était sûr de ce que j'avais à vendre. Il avait remarqué la laine bleue qui pendait aux deux bouts de mon paquetage, et de là il avait conclu de manière indéfectible que je vendais de ces cols de laine bleue qui ornent le cou des chevaux de trait français.

Je m'étais hâté autant que me le permettait Modestine à sa vitesse maximale, car j'avais grande envie de contempler la vue de l'autre côté avant que le jour ne s'évanouisse. Mais il faisait nuit quand j'atteignis le sommet. La lune, haute et claire, avait commencé sa course et seules quelques bandes grises de crépuscule s'attardaient à l'ouest. À mes pieds, une vallée béante, engouffrée dans les ténèbres, s'étendait comme un trou dans la Création, mais le contour des collines se détachait nettement sur le ciel. C'était le mont Aigoual, place forte de Castanet, Castanet qui mérite quelque mention parmi les camisards, et pas seulement en tant que meneur actif et entreprenant. Ses lauriers se parsèment de roses car il montra comment, même en pleine tragédie publique, l'amour est toujours triomphant. Au fort de la guerre il épousa, dans sa citadelle montagnarde, une jeune et jolie fille nommée Mariette. Il y eut grande liesse, et le jeune marié relâcha vingt-cinq prisonniers en honneur de l'heureux événement. Sept mois plus tard, Mariette, princesse des Cévennes, comme on l'appelait par dérision, tomba aux mains des autorités, où elle aurait pu mal finir. Mais Castanet était un homme d'action, et aimait sa femme. Il marcha sur Valleraugue et prit une dame en otage, et l'on procéda à un échange de prisonniers pour la première fois dans cette guerre. Leur fille, gage de quelque nuit étoilée sur le mont Aigoual, a laissé des descendants jusqu'à ce jour.

Modestine et moi prîmes notre dernier repas ensemble. Ce fut un en-cas au sommet de Saint-Pierre, moi sur un tas de cailloux, elle debout près de moi, au clair de lune, mangeant solennellement le pain dans ma main. La pauvre bête mangeait plus volontiers de cette façon, car elle avait une sorte d'affection pour moi, affection que j'allais bientôt trahir.

La descente fut longue vers Saint-Jean-du-Gard, et nous ne rencontrâmes guère qu'un charretier, visible de loin grâce au reflet de la lune sur sa lanterne éteinte.

Avant 10 heures nous étions arrivés et nous pûmes souper : vingt-cinq kilomètres et une pente raide en un peu plus de six heures !

ADIEU, MODESTINE !

Après examen, le matin du 4 octobre, Modestine fut déclarée inapte au voyage. Il lui faudrait au moins deux jours de repos, selon l'aubergiste, mais je désirais maintenant rejoindre Alais pour mon courrier. Étant dans un pays civilisé car pourvu de voitures, je décidai de vendre ma compagne et de partir par la diligence cet après-midi. Notre marche de la veille, avec le témoignage du cocher qui nous avait poursuivis jusqu'au sommet de la longue colline de Saint-Pierre, propagea une idée favorable des capacités de mon âne. Les acheteurs potentiels pressentirent l'occasion unique. Avant 10 heures, je reçus une offre de vingt-cinq francs, et avant midi, après une discussion désespérée, je la vendis, avec la selle et le reste, pour trente-cinq francs. Le gain pécuniaire n'est pas évident, mais j'avais acheté ma liberté du même coup.

Saint-Jean-du-Gard est une grande ville, essentiellement protestante. Le maire protestant me demanda de l'aider pour une affaire caractéristique du pays. Un grand nombre de jeunes Cévenoles tirent avantage de notre religion commune et de la différence de langue pour devenir gouvernantes en Angleterre, et une pauvre fille native de Mialet se débattait alors avec les circulaires anglaises envoyées par deux agences londoniennes. Je lui fournis l'aide que je pouvais et lui offris quelques conseils, qui me semblèrent excellents.

Une chose de plus à noter. Le phylloxéra a ravagé les vignobles de cette région, et au petit matin, sous les châtaigniers au bord de la rivière, je rencontrai un groupe d'hommes travaillant avec un pressoir à cidre. Je ne pus d'abord deviner ce qu'ils faisaient, et je demandai quelques explications à l'un d'eux.

« On fait du cidre, dit-il. *Oui, c'est comme ça. Comme dans le Nord* ! »*

Il y avait une note de sarcasme dans sa voix : le pays s'en allait au diable.

Ce n'est qu'une fois assis à côté du cocher, alors que nous traversions bruyamment une vallée rocheuse pleine d'oliviers nains, que je pris conscience de mon chagrin. J'avais perdu Modestine. Jusqu'alors j'avais cru que je la détestais, mais maintenant qu'elle était partie,

Et oh,
Quelle différence pour moi !

Pendant douze jours nous avions été de vrais camarades, nous avions voyagé près de deux cents kilomètres, nous avions franchi plusieurs sommets respectables et avions trotté de nos six pattes sur plus d'une route rocheuse ou bourbeuse. Après le premier jour, même si j'étais parfois indigné et distant dans mes manières, j'étais resté patient ; quant à elle, pauvre âme ! elle en était venue à me considérer comme un dieu. Elle aimait manger dans ma main. Elle était patiente, élégante dans sa silhouette, d'une couleur de souris idéale, et inimitablement petite. Ses défauts étaient ceux de sa race et de son sexe, ses vertus étaient les siennes. Adieu, et si c'est pour toujours…

Le père Adam avait pleuré en me la vendant ; après l'avoir vendue à mon tour, je fus tenté de suivre son exemple et, me trouvant seul avec un cocher de diligence et quatre ou cinq jeunes gens charmants, je n'hésitai pas à céder à mon émotion.

Appendice

UNE VILLE
DE MONTAGNE EN FRANCE

Le Monastier est le chef-lieu d'un canton montagneux de la Haute-Loire, l'ancien Velay. Comme son nom l'indique, cette ville a une origine monastique ; on y voit encore les tours massives d'un monastère et une église de quelque prétention architecturale, siège d'un archiprêtre et de plusieurs curés. Elle se dresse au flanc d'une colline qui surplombe la Gazeille, à une bonne vingtaine de kilomètres du Puy, en haut d'une route escarpée où parfois, l'hiver, les loups poursuivent les diligences. La route qui se dirige vers le Vivarais traverse la ville d'un bout à l'autre par une unique rue étroite ; on peut y voir la fontaine où les femmes remplissent leurs cruches, et aussi quelques vieilles maisons avec portes et frontons sculptés et décorations en fer forgé.

En effet, comme Maybole en Ayrshire, Le Monastier fut jadis une sorte de capitale régionale, où l'aristocratie locale avait ses hôtels en ville pour l'hiver. Il existe encore un certain baron qui, me dit-on, fait pénitence extrême pour avoir réussi à se ruiner en menant la grande vie dans ce village de montagne. Ce monsieur a certes le droit d'être considéré comme le plus remarquable des prodigues connus. Comment il y est parvenu en un lieu où l'on ne vend rien de luxueux et où la pension dans la meilleure auberge ne dépasse guère six sous par jour, voilà un sujet à méditer. Son fils, si ruinée que fût la famille, alla faire des folies à Paris : le cas de ce père et de son fils marque donc une date importante dans l'histoire de la centralisation en France. C'est seulement quand le rejeton eut pris le train que l'œuvre de Richelieu fut achevée.

C'est un peuple de dentellières. Les femmes sont assises dans les rues par groupes de cinq ou six, et l'on entend le bruit des bobines d'un groupe à l'autre. De temps en temps, on entend l'une d'elles brailler des prières pour l'édification des autres à leur ouvrage. Elles portent des châles bariolés, des coiffes blanches ornées d'un gai ruban et parfois un chapeau de brigand en feutre noir par-dessus la coiffe, donnant ainsi à la rue une couleur et un éclat dépaysants. Autrefois, quand c'est dans ce département que l'Angleterre se fournissait abondamment de cette dentelle qu'on nomme *torchon**, il n'était pas rare de gagner cinq francs par jour, et cinq francs au Monastier valent une livre à Londres. Aujourd'hui, à cause de l'évolution du marché, seules les ouvrières intelligentes et travailleuses font de trois à quatre francs par semaine, moins d'un huitième de ce qu'elles gagnaient si facilement il y a quelques années. La vague de prospérité est venue et repartie, comme pour nos mineurs du Nord, et personne ne s'en trouve enrichi. Les femmes ont bravement gaspillé leurs gains, ont entretenu les hommes dans l'oisiveté et se sont abandonnées, m'a-t-on dit, aux galants et à la belle vie. D'une fin de semaine à l'autre, c'était continuellement gala au Monastier, les gens passaient leurs journées dans les cabarets, et le tambour ou la musette menait les *bourrées** jusqu'à 10 heures du soir. À présent, ces jours de danse sont terminés. « *Il n'y a plus de jeunesse** », dit Victor le garçon. Je n'ai pas entendu parler d'un grand progrès dans ce qui passe pour l'essentiel de la morale, mais la *bourrée**, avec sa rapsodie douce et interminable et ses pas alertes et rustiques, est tombée en désuétude ; on en a gardé surtout le souvenir d'une coutume du passé. Ce n'est que pour la fête qu'on entend un tambour battre discrètement dans un café ou peut-être un membre de la compagnie chanter la mesure tandis que les autres dansent. Je suis désolé de ce changement et reste une fois de plus stupéfait devant le complexe agencement des choses sur cette terre, comme un revirement de la mode en Angleterre peut faire taire tant de réjouissances montagnardes en France. Les dentellières elles-mêmes n'ont pas entièrement pardonné à nos compatriotes et je pense qu'elles prennent un plaisir particulier à la légende du quartier nord de la ville, nommé l'Anglade parce que les mercenaires anglais y furent arrêtés et repoussés par la puissance d'une petite Vierge sur le mur.

De temps en temps un marché a lieu, et la ville connaît alors une saison de renouveau. Le bétail et les cochons sont parqués dans les rues et l'on sait des voleurs qui viennent même de Lyon pour l'occasion. Chaque dimanche les campagnards s'y amassent dès l'aurore pour acheter des pommes, écouter la messe et visiter l'une des tavernes, qui ne sont pas moins de cinquante dans la ville. Pour les hommes, l'habit du dimanche est une redingote verte taillée dans une sorte de droguet grossier, et tout le reste du costume assorti. Je n'ai jamais posé les yeux sur atours plus dégradants. Ils collent ici, bâillent là, et le corps humain, aux lignes agréables et animées, est transformé en caricature et en objet de dérision. Une autre occupation des paysans le dimanche est de soumettre leurs douleurs au pharmacien pour qu'il les conseille. C'est une affaire dominicale, comme d'aller à l'église. J'ai vu une femme qui avait perdu la parole depuis le lundi précédent, qui sifflait, reprenait haleine, toussant toujours et avec peine ; elle avait pourtant attendu près de cent heures avant de venir chercher secours, et si la semaine avait été deux fois plus longue, elle aurait encore attendu. Il y avait un jour canonique pour la consultation, c'était la coutume ancestrale, que toute femme honnête devait tâcher de respecter.

Deux diligences vont chaque jour au Puy, mais elles rivalisent de concessions polies plutôt que de vitesse. Chacune des deux attendra joyeusement une heure ou deux qu'une vieille dame ait fait son marché ou qu'un monsieur ait fini ses journaux au café. Le *Courrier* (c'est le nom de l'une d'elles) devrait quitter Le Puy à 2 heures de l'après-midi pour le retour, et arriver au Monastier bien à temps pour le repas de 6 heures. Mais le conducteur ne veut pas désobliger ses clients. Il diffère son départ encore et encore, heure par heure, et j'ai vu le soleil se coucher sur son retard. Ces faveurs purement personnelles, le respect accordé aux fantaisies de chacun, plutôt qu'aux aiguilles d'une horloge mécanique qui marquent l'avance de cette donnée abstraite, le temps, voilà qui fait de la diligence un objet bien plus folâtre qu'on n'en a l'habitude.

Aussi loin que l'œil peut atteindre, les lignes de crêtes mouvementées montent et descendent les unes derrière les autres, et si vous grimpez sur une éminence, ce n'est que pour découvrir de nouvelles chaînes, loin derrière les premières. Beaucoup de petits cours d'eau dévalent les vallées abruptes de tous côtés, et l'un d'eux, à quelques kilomètres du Monastier, porte le grand nom de Loire. Le pays se trouve en moyenne à un peu plus de neuf cents mètres au-dessus du niveau de la mer, ce qui rend l'air sain et vif à l'avenant. Le bois y est rare, à part les pins, et la majeure partie de cette contrée n'est que pâture de bruyère. C'est une terre sauvage et désordonnée plutôt qu'imposante, un département de hautes terres plutôt que de montagne, et c'est au bord des rivières qu'on y trouve les paysages les plus impressionnants comme les plus agréables. Là, de fait, plus d'un coin vous ravira, de ceux qui poussent l'aristocrate anglais à choisir son tombeau au bord d'un ruisseau suisse, où la nature n'est que fraîcheur et paraît jeune comme au septième matin. Le cours de la Gazeille est l'un de ces endroits, quand elle arrose le pré communal du Monastier avant de descendre rejoindre la Loire. C'est là qu'on entend les oiseaux chanter, et c'est là que vont les amants. Le nom de la rivière fut peut-être suggéré par le son de son passage sur les pierres, car c'est une grande gazouilleuse, et la nuit, quand je couchais au Monastier, je l'entendais en m'endormant chanter tout le long de la vallée.

Somme toute, c'est un paysage écossais, quoique moins noble que les meilleurs sites d'Écosse. Par une étrange coïncidence, la population est, à sa façon, aussi écossaise que la région. Ils ont les manières abruptes et frustes du Fifeshire, et vous accostent dans leur dialecte d'un : « *Où'st-ce que vous allez* ? »* comme si vous marchiez sur leurs plates-bandes. Ils observent le sabbat écossais. Aucun travail ne se fait ce jour-là, sauf emmener et ramener les divers cochons, moutons et bovins qui emplissent les prairies de leurs plaisants tintements. Les dentellières ont disparu de la rue. Ne pas aller à la messe impliquerait une dégradation sociale, et l'on voit les gens lire des livres pieux, surtout une sorte de *Visiteur mensuel* catholique qui parle des actes de Notre-Dame de Lourdes. Je me rappelle un dimanche où, alors que je cheminais dans le pays, j'arrivai dans un hameau où je trouvai tous les habitants, du patriarche au bébé, réunis en prières dans l'ombre d'un pignon. Une robuste fille adossée au mur était soliste et les autres faisaient dévotement les répons. Non loin de là, un garçon couché sur le ventre était endormi dans le foin, pour représenter l'élément terrestre.

De plus, c'est un peuple de prosélytes ardents, et la fille du maître de poste passait des demi-heures entières à discuter avec moi de mon hérésie, et elle en devenait toute rouge. On m'a parlé du processus inverse entre une Écossaise et une Française, et les arguments étaient les mêmes dans les deux cas. Chaque apôtre fondait ses prétentions sur la supériorité de la vertu et des succès de son clergé et s'acharnait à la besogne par une menace des feux de l'enfer. « *Pas bong prêtres ici*, disait la protestante, *bong prêtres en Écosse*. » Et la fille du maître de poste, reprenant la même arme, me travailla, pour ainsi dire, avec la crosse au lieu de la baïonnette. Notre race est pleine d'espoir, semble-t-il, aisément persuadée pour son bien. Je note dans cette guérilla des missions une circonstance réjouissante : chaque parti compte sur l'enfer, et protestants comme catholiques s'adressent à une inquiétude supposée dans le cœur de leur adversaire. Je trouve cela réjouissant, car la foi soutient mieux que l'imagination.

Comme en Écosse, de nombreuses familles de paysans s'enorgueillissent ici d'avoir un fils dans les ordres. Et ici aussi, les jeunes gens ont tendance à émigrer. Ce n'est certes pas la pauvreté qui les pousse vers les grandes villes au-delà des mers, car bien des familles, m'a-t-on dit, ont une fortune d'au moins quarante mille francs. Les gars partent aiguillonnés par l'esprit de l'aventure et par le désir de s'élever dans la vie, et laissent leurs rustiques aînés grogner et s'étonner sur leur départ. Un jour, dans un village nommé Laussonne, j'ai rencontré l'un de ces parents déçus : un canard qui avait enfanté un cygne sauvage et l'avait vu prendre son envol et disparaître. Le cygne sauvage en question était à présent apothicaire au Brésil. Il s'était envolé par Bordeaux et avait débarqué en Amérique, tête nue, pieds nus, avec un seul demi-sou en poche. Et il était maintenant apothicaire ! Quelle merveille qu'une vie aventureuse ! Je pensai qu'il aurait pu aussi bien rester chez lui, mais on ne sait jamais en quoi consiste la vie d'un homme, ni où il trouve son plaisir. Pour l'un, c'est boire, pour l'autre se marier, pour un troisième c'est écrire des articles infamants qui lui valent plus d'une fois le bâton en public, et pour ce quatrième que voici, c'est peut-être tenir pharmacie au Brésil. Son vieux père, quant à lui, ne pouvait concevoir la raison du comportement du garçon. « J'ai toujours eu du pain pour lui, disait-il, il s'est sauvé pour me contrarier. Il aimait bien me contrarier. Il n'avait pas de gratitude. » Mais en son for intérieur, son rejeton voyageur le gonflait d'orgueil, et il tira une lettre de sa poche où, comme il le dit, elle pourrissait, vieux chiffons de papier qu'il agita glorieusement en l'air. « Ça vient d'Amérique, s'exclama-t-il, à six mille lieues d'ici ! » Et le public du cabaret était parcouru d'un certain frisson à la vue de cet objet.

Je devins bientôt une figure populaire, connue à des kilomètres à la ronde. « *Où'st-ce que vous allez** ? » fut changé pour moi en « *Quoi, vous rentrez au Monastier ce soir** ? » et dans la ville même, tous les gamins semblaient connaître mon nom, bien qu'aucun être vivant n'ait su le prononcer. Il y avait surtout un groupe de dentellières qui sortait une chaise pour moi chaque fois que je passais, et me détournait de ma promenade pour causer. Elles étaient pleines de curiosité pour l'Angleterre, sa langue, sa religion, le costume des femmes, et ne se lassaient jamais de voir le portrait de la reine sur les timbres-poste anglais ou de chercher des mots français dans les journaux anglais. La langue, en particulier, les emplissait d'étonnement.

« Est-ce qu'on parle *patois** en Angleterre ? » me demanda-t-on un jour. Quand je leur dis que non, on me répliqua : « Ah, français, alors ?

— Non, non, dis-je, pas français.

— Alors, conclurent-elles, on parle *patois**. »

Il faut évidemment qu'on parle français ou *patois**. On évoque parfois la force de la logique, mais elle montrait là toute sa faiblesse. Je cédai sur ce point, mais alors que je voulais leur fournir des exemples de mon jargon natal, une nouvelle mortification m'attendait. De tous les *patois**, elles déclarèrent que le mien était le plus ridicule et le plus drôle à entendre. Chaque nouveau mot provoquait une nouvelle explosion de rire, et certaines parmi les plus jeunes furent bien aise de quitter leur chaise et d'aller parcourir la rue, en extase. Je considérai leur joie avec une stupeur vague et légèrement déplaisante. *Bread*, « le pain », ce mot qui semble un monosyllabe ordinaire et tout simple en Angleterre, est le mot qui ravissait le plus ces braves dames du Monastier. Il leur semblait folâtre et racé, comme une page de *Pickwick*, et elles l'apprirent toutes par cœur, en réserve, je suppose, pour les soirées d'hiver. J'ai essayé depuis de le prononcer avec tous les accents et les inflexions possibles, mais je ne dois pas avoir le sens de l'humour.

Il y en avait de tous les âges : des enfants à leur premier ouvrage de dentelle, une toute jeune fille qui jouait timidement d'un œil encourageant, de solides matrones et des grand-mères, les unes en leur plus bel âge, les autres tombant en décrépitude. Toutes absolument étaient charmantes et spontanées, prêtes à rire et prêtes à aborder avec une solennité tranquille les sujets qui le demandaient. Depuis la chute des salaires, la vie commençait à se montrer sous un jour plus sérieux. La jeune fille riait parfois de moi d'un air provocant et un peu admiratif, si je ne me trompe. L'une des grand-mères, qui était ma grande amie dans la troupe, m'adressa plus d'une remarque acérée sur mes esquisses, sur mon hérésie et même sur mes arguments. Elle disait tout cela la bouche en coin et avec un clin d'œil pétillant éminemment écossais. Mais les autres me traitaient avec une certaine révérence, comme quelque chose qui vient de loin et qui n'est pas entièrement humain. Seule l'irrésistible gaieté de ma langue maternelle pouvait les mettre à l'aise. Entre la vieille dame et moi, je pense qu'il existait un véritable attachement. Elle ne se lassait jamais de poser pour son portrait, coiffée de sa plus belle coiffe et de son chapeau de brigand, toutes ses rides bien en ordre, et bien qu'elle condamnât toujours le résultat, elle insistait toujours pour que je m'y tente à nouveau. C'était une vraie comédie que de la voir prononcer son verdict sur le dernier essai. « Non, non, disait-elle, ce n'est pas ça. Je suis vieille, pour sûr, mais je suis plus belle que ça. Il faut essayer encore. » Quand je fus sur le point de partir, elle me dit au revoir pour cette vie d'une manière touchante. Nous ne devions plus nous rencontrer, dit-elle. Ce furent de longs adieux, et elle était désolée. Mais la vie est si pleine de détours, ma bonne vieille, qui sait ? J'ai dit au revoir à des gens dont je m'éloignais bien davantage et plus longtemps mais, à Dieu ne plaise, je compte bien les revoir.

Un fait notable concernait ces femmes, de la plus jeune à la plus vieille, sans guère d'exception. Malgré leur piété, elles pouvaient lancer un juron comme Sir Toby Belch lui-même. Rien n'était trop haut ni trop bas, aux cieux ou sur terre ou dans le corps humain, pour que les femmes du lieu ne puissent en cracher le nom tout clair et net comme ornement de la conversation. Mon hôtesse, une femme jeune et belle qui s'habillait comme une dame et évitait le *patois** comme une faiblesse, parlait habituellement à son enfant comme un charretier ivre. Et de tous les blasphémateurs que j'ai pu entendre, rien ne vaut une vieille dame de Goudet, un village de la Loire. J'étais en train de faire un croquis, mais ses malédictions duraient encore quand j'eus fini et quand je pris mon départ. Il est vrai qu'elle avait le droit d'être en colère car son grand lourdaud de fils était visiblement ravagé par le vin avant même que la journée ait vraiment commencé. Mais il était étrange d'entendre son inlassable flot de jurons et d'obscénités, infini comme un fleuve, atteignant de temps en temps une stridence furieuse, dans l'air limpide et silencieux du matin. Dans les bas-fonds des villes, la chose aurait pu passer inaperçue, mais dans une vallée campagnarde et venant d'une quelconque honnête paysanne, ce discours bestial surprenait l'oreille.

Le « conducteur des Ponts et Chaussées », comme on l'appelle, était mon principal compagnon. C'était, dans l'ensemble, un homme intelligent, qui aurait pu s'exprimer sur n'importe quel sujet banal d'une voix plus ou moins haut perchée, mais dont la spécialité était un goût généreux en matière de nourriture. Ce trait était, chez cet homme, le plus indigène : c'est là qu'il était artiste, et je découvris en sa compagnie ce que je soupçonnais depuis longtemps, que les grandes qualités sociales sont l'enthousiasme et la compétence, que ce soit à propos de la sauce blanche ou des pièces de Shakespeare.

J'avais l'habitude d'accompagner le conducteur dans ses tournées professionnelles et j'en vins à m'imaginer expert en sa partie. Je me croyais capable de faire une note dans le carnet d'un cantonnier ou d'ordonner à tout ingénieur français de déblayer les crottins du bord de la route. Goudet est l'un des lieux que nous visitâmes ensemble et Laussonne, où je rencontrai le père de l'apothicaire, en est un autre. C'est là, à Laussonne, que George Sand passa une journée alors qu'elle se documentait pour écrire *Le Marquis de Villemer*. J'ai parlé avec un vieillard qui, alors enfant, courait dans les cuisines de l'auberge, et qui se souvient encore de la romancière avec quelque respect. Il s'exprimait dans un français imparfait, raison pour laquelle George Sand le choisit pour compagnon, et chaque fois qu'il laissait échapper une phrase de *patois** sonore et pittoresque, elle la lui faisait répéter plusieurs fois afin qu'elle pût la graver dans sa mémoire. Le mot qui signifie « grenouille » lui plut particulièrement et il serait intéressant de savoir si elle l'employa par la suite dans ses œuvres. Les paysans, qui ignoraient tout du monde des lettres et n'avaient jamais même entendu parler de couleur locale, ne pouvaient comprendre qu'elle babillât ainsi avec un enfant attardé. À leurs yeux, ce n'était qu'une dame fort ordinaire et loin d'être belle ; la plus grande dévoreuse d'hommes de son temps avait si peu d'attrait pour les porchers du Velay !

Lors de ma première tournée au service du génie civil, qui nous mena par Crouzials vers le mont Mézenc et les limites de l'Ardèche, je commençai à faire mieux connaissance avec le contremaître des cantonniers. Il se réjouissait fort de ma compagnie et me faisait passer auprès de ses subalternes pour l'ingénieur chargé de l'inspection. Il insista sur ce qu'il appelait « la galanterie » de payer mon déjeuner dans un cabaret du bord de la route. Somme toute, c'était un homme d'une grande sagesse météorologique, doté d'une certaine énergie et d'un tempérament sociable, mais je crains fort qu'il n'ait été superstitieux. À l'âge de neuf ans, il avait vu une nuit une société de *bourgeois et dames qui faisaient le manège avec des chaises**, et en avait conclu qu'il assistait au sabbat des sorcières. Je suppose, mais j'avance timidement cette hypothèse, qu'il s'agissait peut-être d'une partie de campagne romantique et nocturne. Une autre fois, en venant de Pradelles avec son frère, ils avaient vu devant eux sur la route un grand chariot vide tiré par six énormes chevaux. Le charretier criait à tue-tête et emplissait les montagnes du craquement de son fouet. Il ne paraissait pas aller plus vite qu'un homme à pied, mais il fut impossible de le dépasser. Enfin, au coin d'une colline, tout l'équipage disparut d'un coup dans la nuit. À l'époque, les gens avaient dit que c'était le diable *qui s'amusait à faire ça**.

Je suggérai que rien n'était plus vraisemblable, car il faut bien qu'il s'amuse.

Le contremaître répondit que c'était bizarre, mais qu'on voyait moins de ces choses-là maintenant qu'autrefois. « *C'est difficile à expliquer** », ajouta-t-il.

Quand nous fûmes en pleine lande, alors que le conducteur testait le cailloutis de la route avec sa jauge :

« Écoutez ! dit le contremaître, vous n'entendez rien ? »

Nous écoutâmes et le vent froid qui soufflait de l'est nous apporta aux oreilles un vague tintement mêlé.

« Ce sont les troupeaux du Vivarais », dit-il.

Car chaque été, les troupeaux de toute l'Ardèche sont emmenés paître sur ces plateaux herbeux.

Çà et là, on voyait de petits troupeaux privés surveillés par des fillettes, l'une filant sa quenouille, une autre assise sur un mur, penchée sur sa dentelle.

Quand nous hélâmes celle-ci, elle sursauta, prise de panique, et avança les bras comme un nageur pour nous tenir à distance. Il s'écoula quelques secondes avant que nous puissions la convaincre de l'honnêteté de nos intentions.

Le conducteur me parla d'une autre bergère à qui il avait un jour demandé son chemin, quand il était encore nouveau dans le pays. Elle s'était enfuie, menant ses bêtes devant elle, et en désespoir de cause il avait dû se passer du renseignement. Dans ces timidités frustes on peut lire toute une longue histoire de sauvagerie.

L'hiver dans ces hautes terres est une époque dangereuse et mélancolique. Les maisons sont enneigées et les voyageurs se perdent dans la bourrasque à portée de voix de leur foyer. Personne ne se risque dehors sans provisions et sans une bouteille qu'on remplit à chaque taverne, et même ainsi équipé, le départ ne va pas sans terreur. La famille passe toute la journée au coin du feu dans une masure sale et sans air, sans travail ni distraction. Le père sculpte parfois un meuble grossier mais c'est tout ce qui sera fait en attendant le retour du printemps et des travaux des champs. Ce n'est pas sans raison qu'on trouve une horloge dans la plus modeste de ces habitations montagnardes. Une horloge et un almanach, penserait-on, sont indispensables pour une telle vie...

Tous les papiers utilisés pour les ouvrages des collections Folio sont certifiés et proviennent de forêts gérées durablement.

Composition Nord Compo
Impression Novoprint
à Barcelone, le 12 septembre 2022
Dépôt légal : septembre 2022
1er dépôt légal dans la collection : avril 2022

ISBN 978-2-07-298124-1 / Imprimé en Espagne

557674